KB055748

WISHBOOKS GAME FANTASY STORY

판렙 플레이어 11

비츄 게임 판타지 장편소설

초판 1쇄 찍은 날 | 2019년 1월 24일
초판 1쇄 펴낸 날 | 2019년 1월 31일

지은이 | 비츄
펴낸이 | 예경원

기획 | 위시북스
편집책임 | 이규재
편집 | 위시북스

펴낸곳 | 예원북스
등록번호 | 제396-2012-000132호
등록일자 | 2012. 7. 25
KFN | 제1-360호

주소 | 경기도 고양시 일산동구 호수로 646-24 위너스21 II빌딩 206A호 (우)10401
전화 | 031-819-9431 팩스 | 031-817-9432
E-mail | yewonbooks@naver.com

ⓒ비츄, 2018

ISBN 979-11-89824-04-4 04810
      979-11-6098-880-2 (set)

11
만렙
플레이어
WISHBOOKS GAME FANTASY STORY
비츄 게임 판타지 장편소설
Wish Books

CONTENTS

1장
아서 님이
미쳐 날뛰는 중입니다

세계 언론이 집중하기 시작했다.

-충격! 몬스터 웨이브 발발!

그냥 몬스터 웨이브가 아니었다.

-달빛의 능력으로 강화된 짐승형 몬스터들 출몰!
-해일이 되어 프루나로 밀집 중!

그에 따라 대연합들은 한숨 돌리게 되었다. 적어도 그들은
그렇게 생각했다.

"용병왕이 움직였습니다."

"생각보다 훨씬 빠르게 움직였네요."

파란마음은 흡족했다. 용병왕이 어느 정도의 능력을 가졌는지는 알 수 없다. 최상급 NPC 중 한 명이라는 것 정도만 안다. 하지만 이 정도 대규모 웨이브를 만들어낼 정도면 절대 약한 NPC는 아니다.

그 능력이 어느 정도인지. 최상급 NPC가 얼마나 강한지. 궁금할 지경이다.

"이 정도의 몬스터 규모는 본 적이 없습니다."

"게다가 용병왕의 버프를 받고 있는 대규모 군단이죠. 과연 절대악이 이번에도 수월하게 잘 막아낼 수 있을까요?"

대연합 연합장들은 희망에 가득 찼다. 플레이어들은 절대악에게 상대가 되지 못한다. 20만이 몰려가도 소용없었다.

하지만 달빛 강화를 받은 짐승형 몬스터들이라면? 그것도 젤르두아의 지배자 용병왕 푸락셀과 함께하는 짐승형 몬스터라면? 얘기가 달라질지도 모른다.

파란마음이 말했다.

"실제로 절대악은 본거지에 틀어박힌 채 모습을 드러내지 않고 있어요."

안에서 무엇을 꾸미고 있는지까지는 모르겠다.

"아마 성벽에 의지해서 싸울 생각인 것 같아요."

다른 말로 하자면.

"성벽 없이 싸우기는 힘들다고 판단했겠죠."

숫자도 숫자인데, 짐승형 몬스터들은 리젠시간이 꽤 빠르다. 죽여도 죽여도 되살아나는, 말하자면 좀비군단이나 다름 없다는 뜻이다.

파란마음은 자신 있게 얘기했다.

"용병왕 버프가 얼마나 강력할지는 모르겠으나…… 절대악은 분명히 큰 곤욕을 치르게 될 거예요."

일단 절대악을 정신없게 만든다. 용병왕이 만약 프루나를 무너뜨린다면 그 틈에 급습하여 크리스탈을 부수고 프루나를 탈환할 거다.

"이제 우리는 대공 앞에서도 체면을 차릴 수 있겠죠."

대공은 지금 에르페스 제국의 패권을 잡느라 바쁘다. 그러한 상태에서 이쪽을 무작정 도와주지는 못한다. 뚜렷한 성과는커녕, 이브이까지 빼앗긴 상황이다.

그러나 이번에 프루나를 탈환한다면? 그래서 절대악에 대한 비밀스러운 정보들을 더 얻을 수 있다면?

"절대악의 수많은 영지를 잇는 워프 포탈에 대한 정보 역시 귀중한 자산이 될 것입니다."

그들은 신이 났다. 한 줄기 빛이 보이는 것 같았다.

"용병왕이 얼마만큼 강할지가 관건이겠군요."

"맞아요. 하지만 기대해도 좋을 것 같아요. 알아보니 푸락셀 역시 달빛 강화를 받았다고 하네요."

"수인형 NPC인가 보군요."

"맞아요."

안 그래도 강력한 젤르두아의 패자다. 그 패자가 시스템 강화까지 받았으니 얼마나 강하겠는가.

대연합들은 절대악의 뒤통수를 칠 준비를 하면서, 기회를 노리기로 했다.

한주혁이 한세아를 불렀다.

프루나의 영주실. 그곳에서 비밀스러운 거래가 이루어졌다.

"동생아. 특별한 부탁이 있어."

"……"

한세아는 뭔가 괜히 불안해졌다.

'오빠가 나한테?'

"오빠가 나한테 부탁할 게 있긴 있어?"

금 나와라 뚝딱하면 금이 나오고 은 나와라 뚝딱하면 은이 나오는 오빠다. 적어도 한세아의 머릿속에서 오빠에 대한 이미지는 그랬다. 다시 말해……

"내가 할 수 있는 일이면 오빠도 전부 할 수 있잖아."

그렇다는 의미다. 그런데 그런 오빠가 내게 부탁을 해야만 하는 일이라면?

"혹시 내가 생각하는 그거야?"

"어, 맞아."

"……."

한세아는 고민에 휩싸였다.

'아, 이거. 들어주긴 해야 할 거 같은데. 이거 이래도 되나?'

"혹시 페널티 같은 건 없겠지?"

"있었으면 유리아가 날 봤을 때 더 광분하지 않았을까?"

유리아는 입이 싸다. 만약 페널티가 있었다면 '내게 감히 이런 페널티를 줘? 천민 주제에?'라고 말을 했을 것이다.

"적어도 세 번 죽을 때까지 특별한 페널티는 없는 것 같은데."

"……."

한세아는 눈을 잠시 감았다.

'아. 이런 죽음. 생각해 본 적 없는데.'

"오빠 지금 경험치가 64배라고 했지?"

"어."

"나 죽이면?"

"아마 2배에 또다시 2배 추가 산정해서 256배로 늘어날걸?"

"……."

256배란다. 이 정도면 진짜 들어줘야 할 것 같다. 한세아는 결국 결심했다.

"부디 고통 없이 일격에 죽여줘."

물론 조건도 걸었다.

"진짜 소원 하나 들어줘야 해?"

"알았어. 들어줄게."

"이번엔 햄버거 세트로 안 돼. 햄버거 세트 100개 사준다고 해도 안 돼. 진짜 소원 빌 거야."

한주혁이 어깨를 으쓱했다.

"내가 가능한 거라면."

"알았어. 약속했다? 오빠찬스 쓸 수 있는 거지?"

"그래."

한세아가 숨을 쉬었다.

"떨린다."

떨릴 수밖에 없다.

"나 첫 죽음이야."

아직 죽어본 적이 없었으니까.

"살살 부탁해. 아프지 않게. 오키?"

"오냐."

그거라면 자신 있다. 성좌고 뭐고 어차피 한 방 아닌가.

혹시 몰라 평타 대신 백참격까지 써줬다. 그러자 한세아는 그 자리에서 사망했다.

그리고 알림이 들려왔다. 성좌 사살 보상으로 경험치 2배 보상이 주어진다는 것과 30일 이내 성좌 발견 특전으로 그 보상이 2배로 늘어난다는 알림.

'맞네? 진짜 256배네?'

혹시나 했는데, 진짜인가 싶었는데 진짜다.

성좌 퀘스트 던전을 클리어할 때는 일부러 한세아를 죽이지 않았다.

성좌 퀘스트 던전이면 성좌의 자격이 필요한 일이 생길 수도 있으니까. 그래서 일부러 한세아를 그냥 뒀는데 용병왕을 상대하는 데에 있어서 성좌의 능력은 그다지 필요할 것 같지 않았다.

'좋다.'

경험치가 256배가 됐다. 현재 레벨 99.

한주혁은 기다렸다. 용병왕이 더욱더 많은 짐승형 몬스터들을 불러들일 때까지.

프루나의 NPC들은 공포에 휩싸였다.

"우, 우리는 도대체 어떻게 되는 거지?"

"영주님께서는 왜 가만히 계시는 거야?"

안 그래도 저번에 이브이 피격사건 때문에 공포에 떨고 있는 NPC들이다. 그런데 이제는 엄청나게 많은 짐승들이 프루나 주변을 둘러싸고 있다. 아직 공격은 하지 않고 있지만 성안의 NPC들은 밖으로 이동할 수조차 없었다.

"혹시 영주님이 우리를 버리신 거 아닐까?"

대연합들이 심어놓은 첩자들이 그렇게 소문을 냈다. 절대악은 영웅인 척하는 소인배라고. 이러한 상황에서 선동은 굉장히 쉬웠다.

매스컴들은 이러한 상황에 주목했다.

-불안에 떠는 NPC들.
-대군주 절대악은 프루나를 포기한 것인가?

지금 당장 뾰족한 방법이 없어 보였다. 몬스터의 숫자를 헤아리기조차 힘들었다. 개중에는 특수한 속성으로만 공격할 수 있는 몬스터들까지 다수 포함되어 있었다.

올림푸스 매니아에도 연일 분석글이 올라왔다. 분석의 달인. 이슈 메이커 '충성충성충성'은 또다시 현 상황을 분석했다.

-절대악은 지금 기다리고 있는 거임. 절대악에게는 수성전에 특화된 엄청난 스킬이 있음. 그 스킬을 토대로 싸우면 충분히 승산이 있다고 보는 것임. 다만 한 가지 문제가 있음.

그 스킬을 영원히 사용할 수 있을 것인가?

-지금도 센티니아와 루니아 전역에 있는 짐승형 몬스터들이 대이동을 하고 있음.

그것뿐만이 아니라.

-여태껏 보지 못했던 특수한 형태의 몬스터들까지 나타남. 아마도 미개
척지에서 튀어나온 놈들일 것 같음. 레벨은 측정 불가.
-거기에 젤르두아의 지배자 용병왕까지 자리 잡고 있으니 이번만큼은
절대악도 신중에 신중을 기하고 있는 중임.

그래서 결론을 내렸다.

-관건은 그 수성전 스킬의 지속 시간이 어느 정도 되느냐. 그게 중요함.
그게 없어지는 순간, 엄청난 물량공세에 시달리게 될 거임. 그리고 대연합
도 세력을 모아서 절대악을 공격할 거임. 이브이도 몇 기 강탈했었으
니……. 대연합이 정말로 프루나를 탈환할 수도 있음.

그는 이번에도 내기를 걸었다. 그는 남자 중의 남자. 남자라
면 내기. 내기 없는 남자는 존재할 수 없는 법!
그래도 그동안 그는 많이 배웠다.

-그래도 나는 절대악이 이길 거라고 봄. 좀 힘겨울 거 같긴 하지만…….
그래도 절대악이 지지는 않을 거 같음. 절대악이 지면 장을 지지겠음.

요즘 3충성을 저격하는 닉네임 '열비람'이 '신체 주요 부위에

장을 지져라'라고 주장하긴 했지만 3충성은 그것까지 수용하지는 않았다. 스스로를 '자본주의가 낳은 괴물' 그러니까 '자낳괴'로 부르기는 했지만 아직 그 정도까지는 자신이 없었으니까.

어쨌든 3충성이 또다시 장을 지지겠다는 내기를 했고 시간이 조금 더 흘러갔다.

이번에는 중국 측에서도 움직였다.

블랙샤크는 이번 기회를 상당히 좋게 봤다.

블랙샤크가 로랑에게 제안했다.

"우리 잠깐 휴전하고 절대악과 힘을 합치는 게 어떨까?"

"……."

로랑은 인상을 잠깐 찡그렸다.

블랙샤크가? 절대악에 적대적인 저놈이 갑자기 왜.

'시간을 벌고…… 힘을 증명하기 위함이겠지.'

중국 내에서의 기반은 아직 스베너보다 흑흑 연합이 더 높다. 이번에 이슈를 틈타 방금 정복한 라망투에 대한 정비도 할 겸, 지지도와 명성을 높일 생각인 것 같다.

'라망투는 언젠가 회복할 수 있어.'

로랑은 자신이 있었다. 잠시 잠깐의 방심으로 라망투를 빼앗기기는 했지만 결국은 다시 되찾을 것이다.

'절대악을 돕는다면…….'

좋은 점수를 딸 수 있다.

블랙샤크가 이끄는 스베너는 절대악 따위 없어도 중국은 위대하다고 주장하고, 절대악에게 은혜를 베풀기만 해서는 안 된다는 해괴한 주장을 펼치고 있지만 로랑이 보기엔 절대로 아니었다. 절대악과는 절대적으로 친해져야 했다. 반드시 잘 보여야 한다.

약간의 손해를 감수한다 하더라도…….

'실제로 우리가 손해 본 건 거의 없지.'

이득을 봤으면 봤지 손해는 없었다. 블랙샤크가 저렇게 주장하고 있는 것뿐이다. 그에 수많은 국민들이 동조하여 절대악을 적대시할 뿐.

로랑이 고개를 끄덕였다.

"좋다."

그렇게 협상이 완료되었다. 로랑은 조용히 절대악을 돕기로 했고, 블랙샤크는 대놓고 선전했다.

-절대악. 당신이 필요하다면 대중국의 위대한 힘을 보여주겠다.

짐승 형태의 수많은 몬스터들? 몬스터들이 그렇게 많아? 우리도 플레이어 많다.

그 패기와 기백에 중국 플레이어들이 열광했다. 새로운 영웅이 탄생한 것 아니겠는가. 절대악도 지금 숨을 죽이고 있는 와중인데 중국의 젊은 영웅이 기치를 세우고 일어선 것이다.

블랙샤크는 '내가 절대악 너를 도와주겠다'라는 내용으로 단숨에 이슈가 되었고 명실상부 중국 내 최고의 신성이 되었다. 블랙샤크에 대한 지지도가 가파르게 수직 상승했다.

"이제 느긋하게 절대악의 대답을 기다리면 되겠군."

절대악이 제안을 받아들이든 말든, 협조 요청을 하든 말든 그건 중요하지 않았다. 어쨌거나 자신이 이렇게 강력하다는 것을, 다시 말해 절대악에게 도움을 줄 수 있을 만큼 강력하다는 것을 어필할 수만 있으면 됐으니까.

"절대악이 어떻게 행동하고 있지? 내 제안을 받아들일 것 같은가?"

"아직 모르겠습니다. 절대악은 계산하고 있을 겁니다."

과연 그 수성전 스킬이 저 수많은 몬스터 무리를 상대하는 동안 지속될 수 있을 것인가 없을 것인가.

"궁극기를 활용할 터인데……. 연속해서 활용할 수는 없습니다. 결국 수많은 병력을 끌어모으든지 공성병기를 적극적으로 활용하든지 해야 합니다. 그런데 이번에 성좌로 짐작되는 플레이어가 이브이를 강탈하는 기염을 토했죠. 따라서 마법병기 카드는 쉽사리 꺼내지 못할 겁니다."

"확실히. 성좌쯤 되니 절대악을 견제할 수 있군."

좋다. 아주 좋다. 절대악이 어려워지면 어려워질수록 좋다. 그래야 이쪽이 더 돋보일 테니까.

"기왕이면 더욱 어려워지면 좋겠어."

그래서 몰래 파병까지 했다. 짐승형 몬스터들에게 강력한 버프를 내려줄 수 있는 히든 클래스 '비스트 마스터'를 보내놨다. 곧 더욱더 강력한 몬스터들로 재탄생될 것이다.

'절대악에게 없는 것이 우리에게 있지.'

그것은 바로 막강한 인구수. 절대악이 아무리 강해도 혼자서는 한계가 있다. 그는 그렇게 생각했다.

블랙샤크가 그렇게 생각할 무렵, 한주혁이 한세아를 죽였다. 오빠찬스를 주기는 했는데 한세아의 성격상 그렇게 무리한 부탁은 하지 않을 터.

'좋아.'

준비는 완료됐다. 경험치 256배. 심지어 스텝업 포인트가 필요 없는 짐승형 몬스터들.

성문이 열렸다. 한 남자가 걸어 나왔다. 그 상황을 전 세계의 매스컴이 집중 조명했다.

용병왕 푸락셀은 임시 망루를 만들었다.

망루 위. 진지 가운데 가장 높은 곳. 그곳에서 그는 그들의 군사를 내려다봤다. 푸락셀은 매우 흡족했다.

"이 정도면……."

이제 공격을 시작해도 될 것 같았다.

"충분히 공략이 가능하겠군."

그래서 말했다.

"군사들의 분류는 대략 되었나?"

"그렇습니다!"

편의상 몬스터들의 분류를 1급. 2급. 3급으로 나누었다.

푸락셀이 그렇게 나누려고 한 것은 아니었는데, 3급은 어디서나 쉽게 볼 수 있는 몬스터. 2급은 고위급 사냥터에서 볼수 있는 몬스터. 그리고 1급은 플레이어들에게 오픈되지 않은 미개척지에 속한 짐승형 몬스터들이 속하게 됐다.

"먼저 2급과 3급을 내보내 놈의 전투력을 측정해 보는 게 좋을 것 같습니다."

2급과 3급에는 사실 별로 기대 안 한다.

"그래. 놈에게 특수한 스킬이 있다고 했으니. 그 능력을 시험해 보는 것도 좋겠군."

조금 알아보니 그걸 가장 조심해야 한다고 했다. 가장 위험한 것이 바로 그 수성전과 관련된 스킬이라나 뭐라나.

"어차피 플레이어들은 근본 원리는 모른 채 활성화된 시스템만을 공식처럼 사용하는 것 아닌가."

그렇다. 놈들에게는 응용의 원리가 없다. 만약 근본을 알고 힘을 제대로 사용할 수만 있다면 상황에 맞추어 스킬을 변형

시켜서 사용할 텐데.

"좋다. 2급과 3급 군세들을 내보내라. 수인들의 왕이자 용병들의 왕. 나 푸락셀의 위엄을 토해내라!"

가장 높은 망루 위. 소형 및 중형 몬스터들이 주축이 된 2, 3급 몬스터들이 프루나를 향해 진격하기 시작했다. 그 숫자가 물경 30만에 이르렀다.

마치 프루나 전체를 둘러싼 해일이 밀려드는 것 같았다.

-프루나에 엄청난 숫자의 몬스터들이 밀려들고 있습니다.

그와 동시에 성문이 열렸다. 그 성문에서 한 남자가 모습을 드러냈다. 기자들이 그곳을 줌업했다. JTBN 또한 현재의 상황을 심도 있게 다뤘다.

-절대악이 모습을 드러냈습니다.

그런데 조금 이상했다. JTBN 접속자들은 황당해했다.

-응? 왜 앱네(앱솔루트 네크로맨서)가 안 보임?

앱네. 그러니까 앱솔루트 네크로맨서가 보이지 않았다. 대규모 집단전에서는, 어쩌면 절대악보다도 더 강력한 힘을 발휘

할 수도 있는 일당만의 클래스 아닌가.

-앱네가 없다는 건, 전쟁을 포기했다는 거 아님?
-에이 설마. 절대악인데. 그건 말도 안 됨.

앱솔루트 네크로맨서 없이 한주혁 혼자 걸음을 옮겼다.

-혹시 대장전 신청하려는 건가?
-상대는 용병왕임. 자존심이 되게 세다고 했음. 대장전 신청하면 받아
줄 거 같기도 한데.
-앱네가 없다는 건 그럴 가능성이 가장 높은 거 아니겠음?

천세송은 일단 성내에서 대기하는 중이었다. 한주혁이 이렇
게 얘기했었기 때문이다.
'혹시라도 도움이 필요하면 귓말로 연락할게.'
'알았어요!'
천세송은 자신의 일처럼 기뻐했다.
'진짜로 오빠 경험치가 256배나 되는 거예요?'
예쁘게 웃으면서 혼자 고개를 끄덕였다.
'저 내조 잘할게요.'
지금 상황에서 내조란 앱솔루트 네크로맨서의 압도적인 물
량전 능력을 꺼내지 않고 뒤에서 오빠를 응원하겠다는 거다.

오빠가 폭풍 레벨업을 할 수 있도록.

'그런데 오빠, 있잖아요.'

'응?'

'혹시라도 오빠가 저한테 귓말을 하게 될 가능성이 있기는 있어요?'

천세송이 생각하기에는 아마 없을 것 같다. 그녀는 바로 옆에서 자기 남자 친구의 능력을 생생하게 지켜봤던 사람이다. 아무리 봐도 오빠가 위험할 일은 없을 거 같은데.

'그래도 뭐. 일단. 용병왕이랑도 부딪쳐야 하니까. 체력 관리를 좀 해야 할 거 같긴 하거든.'

누가 뭐래도 젤르두아의 패자 아닌가. 최상위급 NPC. 제국 상위급 NPC들과 비교해서 어느 정도의 능력을 가졌는지는 모르겠지만 마냥 방심하기는 어려웠다.

JTBN의 이상호(다본다)기자는 침을 꿀꺽 삼켰다.

'정말 많다……!'

몬스터의 바다라고 해도 과언이 아니었다. 정말로 많았다. 숫자에 의해 압도되는 그런 느낌이었다.

'상황을 담는다……!'

그는 최근에 형렐루야에 가입했다. 기자로서의 본분도 중요했지만 헬렐루야 연합원으로서의 본분도 중요했다.

'제일 멋있게!'

가장 근사하게. 절대악이 최고로 멋있어 보일 수 있는 구도로 촬영하기로 했다.

한주혁이 저만치 멀리 앞을 올려다봤다.

용병왕 푸락셀은 순간 흠칫했다. 굉장히 멀리 떨어져 있는데, 절대악이라는 놈이 이쪽을 정확하게 쳐다보고 있는 것 같았다.

"저놈이?"

마나를 일으켜 안력을 높였다. 그러자 굉장히 멀리 있지만 바로 앞에 있는 것처럼 보였다. 눈빛을 보아하니 다분히 도발적이다. 감히. 용병왕을 도발하고 있는 거다.

"대장님, 진정하십시오. 저놈이 도발하는 겁니다. 지금 저 방법밖에 없으니까요. 대장님을 못 믿는 건 절대로 아니지만 굳이 저놈과의 대장전을 펼칠 이유가 없습니다. 이토록 유리한 상황에서는 말입니다. 관대하신 대장님께서 한 번만 참으시죠."

잠깐 참기로 했다. 그사이 2, 3급 수십만 몬스터들이 절대악을 향해 달려들기 시작했다.

한주혁이 씨익 웃었다.

'와라. 256배의 경험치들아. 예쁜 짐승형 몬스터들아.'

강력한 놈들은 일단 뒤로 뺀 거 같다.

'일단.'

아수라파천무는 보류하기로 했다. 이건 한주혁도 여러 번 사용하기에는 부담이 많이 되는 스킬이다.

그래서 사용했다.

-스킬. 불꽃의 만참격을 사용합니다.

-스킬. 불꽃의 천참격을 사용합니다.

-스킬. 불꽃의 백참격을 사용합니다.

-스킬. 불꽃의 악신강림을 사용합니다.

이 네 가지 스킬을 적절히 조합하여 사용하면 무한으로 로테이션을 돌릴 수 있다. 게다가 이 모든 스킬 모두에 '불꽃 속성'이 더해졌다. 그게 끝이 아니었다. 강화된 진 파천악심공에 의하여 두 단계씩 더 상향 조정된 절대악 클래스의 사기급 스킬들이 이펙트를 뿜어냈다.

순식간에 주변이 불바다로 변하기 시작했다. 반달. 그보다 작은 7개의 반달. 불꽃에 휩싸인 악령들이 주변을 휩쓸었다. 말 그대로 휩쓸었다는 표현이 가장 잘 어울렸다.

이상호 기자는 침을 꿀꺽 삼켰다.

'역시나가 역시다……!'

이상호 기자는 스킬들을 활용하면서 절대악의 모습을 담기 위해 무던히도 애썼다. 너무 빨라서 제대로 잡기가 어렵다는 걸 제외하면 절대악의 모습은 가히 전신과도 같았다. 그는 기자로서의 본분을 잊고 헐렐루야의 일원임을 주장하듯 감동에 가득 찬 목소리로 상황을 중계했다.

-불바다. 아니, 불폭풍이 프루나 일대를 불태우고 있습니다.

화염데미지 속성이 추가되었다. 그랬다. 절대악이 그사이 더더욱 강력해진 것이 틀림없었다.

-화염 데미지에 의하여 주변으로 피해가 전파되고 있습니다! 어, 엄청 납니다! 적의 피해가 눈덩이처럼 불어나고 있습니다!

단순히 전파 정도가 아니었다. 아예 주변을 전부 잡아먹었다. 단순히 스치기만 했는데 성좌를 사살시킨 한주혁이다. 그때는 평타였다. 평타 주먹에 실린 화염 데미지가 옆에 있지도 않던 성좌를 죽였다. 하물며 지금은 스킬을 사용했다. 심지어 몬스터들이 떼를 이루어 다닥다닥 붙어 있다.

망루 위에서 지켜보던 푸락셀은 황당해했다.

"지금 무슨 일이 벌어나고 있는 거지?"

눈앞의 상황은 말도 안 되었다. 아무리 2, 3급 몬스터들이라 할지라도. 아무리 자신이라고 해도 이렇게 빠르게 몬스터들을 죽이기는 힘들 터. 이건 죽이는 거라고 보기에도 어려웠다.

그냥 사라졌다. 그렇게밖에는 표현할 길이 없었다.

3충성은 자신의 선견지명에 굉장히 뿌듯했다.

-약한 몬스터쯤은 아주 쉽게 잡을 수 있음. 내가 얘기했잖음. 어쨌든 절대악이 이기기는 이길 건데, 조금 힘들 수도 있다고. 지금은 말하자면 스테이지 1임. 아주 쉬울 거임.

미친 듯이 쓸려 나가는 몬스터들. 애초에 존재했었는지조차 불투명할 정도로 순식간에 몬스터들이 사라져 갔다. 지우개에 밀려 나가는 부질없는 글자들처럼.

그리고 꼬꼬가 하늘로 날아올랐다. 지금은 절대악의 마스코트나 다름없는 꼬꼬. 불꽃에 휩싸인 제왕 카리아가 모습을 드러냈다.

키에엑!

나는 질 수 없다!

요즘 루펜달 때문에 펫으로서의 입지가 조금 줄어든 거 같다. 더 똑똑해진 꼬꼬는 그러한 역학관계에 대해 더 이해할 수 있었다.

키엑!

나는 난다.

이제는 제법 고급 어휘도 구사할 수 있었다.

키엑!

그러므로 나는 능욕한다!

꼬꼬는 애초에 저놈들을 공격할 생각은 안 했다. 주인님이 너무 세니까. 진화하면서 똑똑해진 꼬꼬는 자신의 역할에 충실했다. 루펜달을 보면서 많이 배웠다. 자기가 잘하는 것에 집중하자. 그것이 살아남는 법이다.

키엑!

날아오르라! 주작이여!

검은 잿더미가 된, 수많은 몬스터들에 스킬을 사용했다.

-스킬. 매우 강력한 식탐을 사용합니다.

키에에에엑!

검은 잿더미가 다 사라지기 전에 최대한 많이! 주인님은 아이템을 못 만든다! 그렇다면 바로! 나! 펫 1호가 활약할 시점!

그 어느 때보다도 빠르게. 그 누구보다도 잽싸게. 그 어떤 펫보다도 신속하게.

루펜달 역시 마음이 바빠졌다. 최근 펫 1호로 거의 인정받기는 했지만 그래도 아직 완벽하지는 않다. 저 빌어먹을 닭이 자꾸만 자신의 자리를 노리고 있다.

　루펜달은 지지 않기로 했다.

　'비록 만드는 것은 너일지 몰라도.'

　그렇다 할지라도. 형님께 바치는 것은 나다!

　루펜달이 스킬을 사용해 가며 주변에 드랍되고 있는 수많은 아이템을 흡수하기 시작했다.

　그리고 그것은 제3자가 보기에는 더없이 훌륭한 콜라보레이션이자 콤비 플레이라 할 수 있었다.

　-와. 대박임.

　사살은 절대악이 맡는다. 그런데 절대악이 죽으면 아이템이 드랍되지 않는다. 그것을 꼬꼬가 커버했다.

　꼬꼬는 미친 듯이 부리쪼기를 사용했고 심지어 그것이 광역기로 이어져 대단히 많은 아이템을 시체들이 토해내게 만들었다. 그리고 그와 동시에 루펜달이 아이템들을 빨아들여 한주혁의 인벤토리로 정확하게 꽂아 넣는 기염을 토했다.

　곁에서 보기에는 손발이 척척 맞는, 엄청난 콤비 플레이.

　-분업 쩐다.

-장난 아님. 콜라보 쩜.

물론 분업 아니다. 콜라보레이션이나 협력 플레이는 더더욱 아니다. 한주혁 본인은 쏟아지는 256배의 경험치에 집중하고 있었고, 루펜달과 꼬꼬는 펫 1호 자리를 놓고 치열한 경합을 벌이고 있을 뿐이었다.

용병왕 푸락셀은 눈을 가늘게 떴다.

"확실히. 플레이어 중에서는 가장 강력한 놈이라는 말이 틀림없군."

그 말이 거짓말은 아닌 것 같았다. 2급과 3급 몬스터들로는 어림도 없을 것 같았다. 단순히 힘을 파악해 보려고 했는데 그것마저도 힘들 정도였다.

"2, 3급 몬스터들을 뒤로 물릴까요?"

"아니."

놈들은 약하다. 하지만 숫자가 많다. 그리고 리젠 속도도 빠르다. 빠르게 없어지는 만큼, 그만큼 빨리 생겨난다. 놈을 지치게 만들 수는 있을 것이다.

"좀 더 두고 보지."

겉으로 보기에 푸락셀은 상당히 여유로웠다. 그렇다. 아직 전쟁의 초반이다. 제대로 된 전투는 아직 시작도 안 했다. 그리고 푸락셀은 다른 한 가지 사실을 짚었다.

"만약 놈에게 정말로 여유가 넘쳤다면 이쪽으로 왔을 것이다."

그런데 오지 않았다?

"여유가 없다는 거지."

여유로운 척하고는 있지만 엄청나게 강력한 무위를 선보이며 플레이어로서 상상도 할 수 없는 신위를 펼치고는 있지만, 그래도 그게 다다. 체력은 분명 떨어지고 있을 것이다.

물론 그 생각은 틀렸다.

'경험치!'

256배의 경험치다. 2배의 경험치 보상만 있어도 플레이어들은 굉장히 행복해한다. 그런데 256배라니.

-붉은 갈퀴 여우를 사냥하였습니다.

-쿠마도를 사냥하였습니다.

-대왕 오리를 사냥하였습니다.

-노라두지를 사냥하였습니다.

-키켈을 사냥하였습니다.

온갖 몬스터들을 잡았다는 알림이 들려왔다. 한주혁의 현재 레벨은 99. 비록 푸락셀의 분류상 2, 3급에 들어가는 잡몹들이지만 그 숫자가 수십만에 이르렀고 그에 대한 경험치 보상이 256배로 판정되어 들어오니 결코 무시할 수 없는 경험치라 할 수 있었다.

-아서 님이 미쳐 날뛰는 중입니다.
-아서 님이 적을 학살하고 있습니다!

더블킬? 펜타킬? 그런 것의 의미가 없었다. 절대악의 스킬 연계에 셀 수도 없이 많은 몬스터가 순식간에 쓸려 나갔으니까.

'경험치 바가 차는 게 보인다.'

대박이다. 한주혁은 신났다. 언제 또 이렇게 폭업을 해보겠는가. 아직 약한 놈들밖에 안 잡고 있는데. 심지어 아직 아수라파천무도 안 썼는데 이 정도 레벨업 속도다.

'조금만 더!'

조금만 더. 조금만 더. 조금만 더. 한주혁은 신이 나서 사냥했다. 물론 힘들지 않았다. 체력이나 M/P도 부족하지 않았다.

생각해 보라. 숨을 쉬는데 힘든가? 수십만의 몬스터? 절대악 앞에서는 의미 없었다. 다른 사람들과 NPC들은 어떻게 생각할지 몰라도 한주혁은 전혀 힘들지 않았다.

'조금만 더!'

그리하여 결국 경험치 바가 끝까지 차올랐다.

'과연……!'

달빛으로 강화된 짐승형 몬스터. 스텝업 포인트 없이 레벨업을 하게 만들어주는 특수한 몬스터들이다.

‘레벨 100으로 넘어가는 것에도 통용이 될까?’

모르겠다. 일반적으로 10단위의 스텝업과는 달라도 뭔가 다를 것 같기는 했으니까.

‘레벨이 오를까?’

레벨이 오르면 100이다. 과거에도 밟아보지 못했던 경지에 들어서게 되는 것이다.

경험치바가 100% 완전히 차올랐을 때. 알림이 들려왔다.

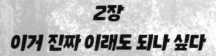

2장
이거 진짜 이래도 되나 싶다

과연 레벨업이 될 것인가. 레벨 100이라는, 단 한 번도 경험해 보지 못했던 영역에 들어설 수 있을 것인가.

그렇게 떨리는 마음을 부여잡으면서 얼마나 기다렸을까.

한주혁은 결국 들을 수 있었다.

-축하합니다!

-달빛 강화된 특수한 형태의 몬스터 사냥에 성공하였습니다.

당연히 특수한 형태의 몬스터란 '짐승형 몬스터'다.

-달빛 강화된 특수한 형태의 몬스터 사냥으로 인하여 스텝업이 가능합니다.

-레벨이 올랐습니다.

결국 레벨이 올랐다.

-축하합니다!
-레벨 100을 달성하였습니다!

단순히 레벨업만 한 것은 아닌 것 같았다.

-절대악 클래스 레벨 100 달성으로 인한 특전이 주어집니다!
-특수한 조건을 만족하였습니다!

한주혁은 기대했다. 레벨 100 달성. 사실 레벨 100이 있는지
도 몰랐다. 한세아를 통해 비공식적으로 레벨 100 넘는 랭커
들이 있다는 사실을 알기 전까지는, 세계 최정상 랭커가 레벨
80 내지 90 정도 되는 줄 알았다.
그런데 레벨 100이다. 과연 어떠한 보상이 있을 것인가.

-능력 제한이 해제됩니다.

한주혁의 몸이 움찔 움직였다.
'능력 제한 해제?'

한주혁 본인도 알고 있다. 자신은 지금 대단히 많은 능력의 제한을 받고 있다. 바로 '스탯 포인트'다.

레벨업을 하면서 꼬박꼬박 모아온 스탯 포인트를 지금까지 제대로 투자하지 못했던 그 스탯 포인트를 이제 드디어 사용할 수 있다.

'와.'

스승새끼가 레벨 99부터가 시작이라고 했는데 아닌 거 같다.

'레벨 100부터가 시작이네.'

그렇다면 이제 남은 건.

'내가 갖고 있는 모든 스탯 포인트를 다 투자할 수 있나?'

과연 그럴 수 있을까.

-현재 스탯 포인트를 확인합니다.

-대단합니다!

-77개 이상의 누적 스탯 포인트를 확인합니다!

-스탯 포인트 행운의 잭팟 달성!

거기에 더해.

-30일 이내 성좌 발견 특전이 적용됩니다.

30일 이내 성좌 발견 특전. 모든 보상이 2배로 주어진다. 이에는 경험치뿐만 아니라 유무형의 모든 보상이 포함된다.

-한계 보상이 154개로 제한됩니다.
-154개의 스탯 포인트로 확장 적용됩니다.
-현재 잔여 스탯 포인트는 154개입니다.

한주혁은 어안이 벙벙했다. 갑자기 154개의 스탯 포인트란다. 현재 레벨. 그러니까 100레벨에서 주어질 수 있는 최대 보상이 77의 2배인 154개인 것 같았다. 그리고 그 154개의 스탯 포인트를 이제 투자할 수 있는 거고.

한주혁의 심장이 쿵쿵대기 시작했다.

'대박이다.'

한세아는 JTBN에 접속했다. 그녀는 3일 동안 올림푸스에 접속을 할 수가 없다. 그래서 오빠가 어떻게 하는지, 인터넷을 통해 보기로 했다.

역시 오빠는 오빠였다.

"와."

몬스터들을 처리하는 속도가 청소기로 몬스터들을 밀어젖히는 것 같았다. 그녀의 손가락이 빠르게 움직였다.

-절대악은 대장전을 하려던 게 아니라 그냥 혼자서 싹쓸이하려고 혼자 나온 거임.

앱솔루트 네크로맨서를 대동하지 않은 건.

-절대악이 킹왕짱 슈퍼하게 초초 세기 때문임.

이라고 열심히 타자를 두드렸다. 그래도 저 숫자는 위험하지 않겠느냐, 절대악이 사람인 이상 체력적으로 부담이 될 수밖에 없다. 이러한 내용들에 일일이 답했다.
그녀는 이 순간, 진정한 키보드 워리어였다.

-님들 바보임? 숨 쉬는 데 체력이 소모됨? 힘들어서 숨은 어떻게 쉼?

유명한 분석파 '자낳괴' 3충성이 그에 반박했다.

-지금 보면 용병왕이 일부러 약한 몬스터들 먼저 내보내고 있음. 속성 공격이 필요한 놈들도 없고 그냥 일반 짐승형 몬스터들임. 그런데 저 망루를 둘러싸고 있는 수많은 놈들을 보셈.

여태까지 보지 못했던 해괴한 형태의 짐승형 몬스터들도 있었다.

-내가 보기에 저 몬스터들 레벨 100 넘을 거 같음.

현재까지 알려지기로 레벨이 가장 높은 몬스터는 레벨이 90 정도 된다. 발록이나 이프리트는 레벨이 알려지지 않았으므로 일단 논외다.

-그래도 발록은 플레이어들에게 공개된 몬스터 중 하나였음. 그런데 저 몬스터들은 처음 봄. 다시 말해 어쩌면 발록보다도 훨씬 셀 수도 있음.

한세아는 점점 답답해졌다.
'아니. 이 사람, 분석의 대가라며. 90프로는 맞는데 마지막 10프로에서 딱 틀린다며. 뭐 이렇게 답답해.'
곧바로 분노의 타자질을 시작했다.

-님들 그거 암?

그녀는 똑똑히 알고 있다.

-발록은 스치면 사망함.

발록만 그런가.

-이프리트도 스치면 사망함.

발록이고 이프리트고, 절대악 앞에서는 살기 위해 도망치는 연약하디연약한 소녀들이다.

-쟤들이라고 뭐 다르겠음? 3충성 님 공부 좀 더 해야겠음.

3충성은 자신의 분석에 정면으로 반박하는 닉네임 '이오빠가내오빠' 때문에 화가 났다. 듣도 보도 못한 놈이 갑자기 튀어나와서 반박하는 꼴이라니. 공부를 더 해야 한다니. 자존심이 상했다.

-그건 단일 개체일 때의 상황임. 다수 개체일 때는 어떻게 될지 모름. 심지어 아직 공개되지 않은 짐승형 몬스터들임. 어떤 능력을 가지고 있을지 모름.

한세아는 고개를 절레절레 저었다.
세상 사람들이 오빠에 대해서 많이 아는 것처럼 떠벌리지만, 사실은 아무것도 모른다. 그래서 내기를 걸었다.

-나는 이번 전투도 절대악이 아주 쉽게. 그것도 아주아주아주아주아주 쉽게 이길 것으로 예상함. 고통찔레꽃 얼굴에 붙이기 콜?

3충성은 그것을 바로 받아들였다.

상식이 있다면, 그 능력을 제대로 측정하기 어려운 최상급 NPC가 포함되어 있는 저 대규모 군단을 절대악 혼자서, 그것도 '아주 쉽게' 이겨낼 수는 없는 거다. 그게 당연한 거다. 아무리 절대악이라고 해도 말이다. 심지어 지금은 성벽의 도움조차 받고 있지 않다.

-절대악은 분명 성안으로 몇 번 들어가서 쉬었다가 나올 것임. 그사이에 짐승형 몬스터들은 계속해서 리젠될 거고. 결국 장기 소모전의 양상을 띠게 될 것인데, 그러면 절대악에게 불리함. 나도 절대악이 이기긴 이길 거라는 입장이지만 절대 쉽게는 안 됨.
-남자가 뭐 이리 말이 많음? 고통찔레꽃 얼굴에 붙이기 콜?

3충성은 질 수 없었다. 수많은 사람이 게시판 글의 내용을 예의 주시하고 있다. 'ㅋㅋㅋ'로 도배됐다. 내용이 너무 빨리 내려가서 게시글을 새로 파야 할 지경이었다.

3충성이 자신 있게 말했다.

-콜.

참고로.

-고통찔레꽃을 얕잡아 보는 모양인데. 그거 되게 아픔. 후회할 거임.

그리고 한 번 물어봤다. 문득 저 미지의 '이오빠가내오빠다'의 정체가 궁금해졌다. 올림푸스 매니아 게시판 닉네임이야 유동으로 쉽게 바꿀 수 있었으니까. 저토록 자신만만한 사이코를 보자니 왠지 의심 가는 인물이 있었다.

-근데 너 루펜달이냐?

한세아는 화면을 지켜봤다.

약한 몬스터들? 숫자가 엄청 많지만 그래 봤자 다 어중이떠중이들이다. 숨 쉬는 데 어려울 거 없다. 몬스터들은 훅훅 불면 구멍이 뚫리는 달콤한 솜사탕들 같았다. 그냥 녹아내렸다. 그러는 사이 레벨업 이펙트를 발견했다.

"와. 대박."

스텝업 포인트가 필요 없었다. 자기가 더 기뻤다. 드디어 오빠도 레벨 100을 돌파했구나.

'아. 자랑할 곳이 필요한데.'

-강재명 아저씨.

그래서 인터폰을 들고 강재명을 불렀다.

-오빠 레벨업 했어요.

강재명은 순간 어떻게 대꾸해야 할지 알 수 없었다. 강재명은 편의상 한주혁을 '사장님'이라 부르고 한세아를 '작은 사장님'이라고 부른다. 어쨌든 사장님은 사장님. 작은 사장님이 무엇을 원하는 것인가. 내게 어떤 정보를 전해주고 있는 것인가.

-짱이죠? 레벨 100이에요.

-물론입니다.

천하의 강재명도 고용주의 비위를 맞춰야 했다.

-죄송해요. 바쁘신데 제가 괜히 연락했어요. 근데 너무 자랑하고 싶었어요. 레벨 100이니까요! 뭔가 특전이 있었겠죠?

분명 있었다. 한주혁에게는 이제 154개의 스탯업 포인트가 생겼다. 그걸 골고루 여기저기 분산해서 투자했다.

-기본 힘 스탯이 100을 달성하였습니다.

-기본 민첩 스탯이 100을 달성하였습니다.

-기본 체력 스탯이 100을 달성하였습니다.

-기본 지능 스탯이 100을 달성하였습니다.

스탯 99에서 100으로 넘어가는데 스탯이 7개가 필요하다.

총 28개의 스탯을 사용해서 100을 넘겼다.

-4대 기본 능력치 100을 달성하였습니다!
-4대 기본 능력치 100 달성 보상으로 4대 스탯 +20이 주어집니다.

한주혁은 할 말을 잃었다.

'또 20 올라가? 여기서 더? 이래도 돼?'

스탯 100~110 구간에서는 겨우 스탯 1 올리는데 스탯 포인트 8개가 필요하다. 10 올리는데 80개가 필요하다는 거다.

'진짜로?'

110~120 구간에서는 스탯 1 올리는데 포인트 9개가 필요하다. 10 올리는데 90개가 필요하다는 얘기다. 다시 말해 힘 스탯 100을 120으로 증가시키려면 스탯 포인트 170개가 필요하다.

'스탯 포인트 170개. 아니지. 4대 스탯에 전부 적용받았으니 4배 해서 680개 스탯 포인트를 투자한 셈이네.'

단순 계산으로는 그렇다. 스탯 포인트 680개를 쓴 것과 비슷했다.

'레벨업으로 치면 나 지금 680렙업 한 거야?'

절대악 본인도 어이가 없을 지경. 그런데 그게 끝이 아니었다.

-추가 스탯은 '기본 능력치'로 설정됩니다.

한주혁은 자신의 사기스러움에 감탄해야 할지, 경악을 해야 할지 갈피를 잡지 못했다.

기본 능력치라 함은 20만큼의 스탯이 그냥 원래 가지고 있는 스탯으로 인정된다는 얘기다.

'그러면……!'

한주혁이 익히고 있는 파천심공은 모든 능력치를 퍼센트로 가산하여 향상시켜 준다. 그것도 그냥 파천심공이 아니다. 이름이 굉장히 길다.

'불꽃의 강화된 진 파천악심공'이다.

기본 스탯에 45퍼센트의 추가 산정효과를 가지고 있다.

<스탯창>

(1) 힘: 120(+54)

(2) 민첩: 120(+54)

(3) 체력: 120(+54)

(4) 지능: 120(+54)

(5) 행운: -99(+54)

(6) H/P: 1,200/1,200(+540+540)

(7) M/P: 1,200/1,200(+540+540)

(8) 활성 스탯

　-카리스마: 180

뿐이랴. 파천심공이라는 사기급 스킬은 H/P와 M/P를 또다시 기본 능력에 +45퍼센트만큼 추가하여 절대치를 늘린다.

그러니까 현재 한주혁의 H/P와 M/P는 2,280이라는 전무후무한 수치를 기록하게 되었다는 뜻이다.

과거 한주혁이 혼자서, 루펜달의 표현을 빌리자면 '무쌍'을 찍고 있던 시절의 H/P와 M/P가 약 1,800 정도였는데 그보다 무려 500 가까이 더 늘어난 셈이다.

순식간에 몇 배는 강해진 느낌.

푸락셀이 2, 3급으로 분류한 몬스터들은 순식간에 쓸려 나갔다.

푸락셀은 결국 1급 몬스터들을 내보내기로 작정했다. 2, 3급으로는 체력도 못 빼앗을 것 같다.

"1급들을 내보낸다."

푸락셀의 눈빛이 아까보다 훨씬 더 가라앉았다.

'플레이어 중에 가장 강력하다더니.'

생각보다 훨씬 강한 것 같았다. 아무리 어중이떠중이 몬스터들이라지만 아무리 그래도 저 속도로 쓸어버리는 건 말이 안 된다.

자신이라고 할지라도 저 정도 무위를 선보이는 것은 어려웠다.

'짐승형 몬스터에게 특화된 놈이로군.'

그렇게밖에는 설명할 길이 없었다. 그래야만 저 말도 안 되는 상황이 설명이 된다.

'분석이 좀 더 필요해.'

자신은 용병왕이다. 젤르두아의 패권을 가지고 있는 패자.

저런 듣보잡 플레이어에게 질 수는 없다. 아까까지는 승리를 확신했다면 이제는 조금 조심스러워졌다.

'이럴 때 체력이 아주 뛰어난 놈이 있으면 편할 것 같은데.'

1급 몬스터들을 살펴봤는데 아직 그런 놈은 모습을 드러내지 않았다.

'루포라토가 딱인데.'

그놈이 있으면 절대악과 싸움을 붙여놓기 딱 좋다. 엄청난 체력과 방어력을 자랑하는 놈이라 절대악의 공격패턴과 사소한 습관들을 알아차리는 데도 유용할 터.

'이동속도가 너무 느려 아직 나타나지 못했나.'

일단 시간을 좀 더 끌기로 했다.

"1급 몬스터들. 진격."

아까와는 질적으로 달리하는 몬스터들이 한주혁을 향해 걸음을 옮기기 시작했다. 전체적으로 덩치도 훨씬 컸다. 땅이 진동하는 것 같았다.

그래서 덩치만 컸고 땅만 진동했다.

"……응?"

푸라셀은 자신의 눈을 의심해야만 했다.

'뭐지?'

뭔가 이상했다.

'아까와 상황이 똑같다.'

2급이나 3급. 그놈들이 휙휙 쓸려 나가는 건 이해가 된다. 그건 자신도 가능하다면 가능한 일. 그러나 1급 몬스터들이 저렇게 쉽게 사라지는 것. 아니, 거의 소멸되는 건 믿을 수 없는 일이었다.

게다가.

키에에엑!

질 수 없다!

괴상한 불 새 한 마리와.

"펫 1호는 내 것이다!"

라고 외치며 설쳐대는 웬 정신 나간 미친놈 하나가 또다시 시체를 능욕하며 아이템들을 강탈하고 있었다.

이 광경. 아까도 본 거 같다.

'생각보다 훨씬, 훨씬 더 강한 놈이다.'

한주혁은 생각했다.

스탯을 올려서 그런가? 내가 더 세져서 그런가?

'뭐야. 생각보다 훨씬, 훨씬 더 약한 놈들이네.'

아수라파천무도 사용하지 않았는데 뭐 이리 낙엽처럼 휙휙 쓸려가는 건지 모르겠다. 너무 약했다. 아주 지나치게.

'뭐 이렇게 약해?'

여태까지 보지 못했던 몬스터들이라서 조금 긴장하기도 했는데 긴장할 필요가 없었다. 말 그대로 여태까지 보지 못한, 보지만 못했던 몬스터들. 그냥 딱 거기까지인 몬스터들.

한세아가 타자를 두드렸다.

-절대악 앞에서 만몬이 평등하다!

만몬이라 함은 '만 몬스터'를 뜻한다.

-1 센놈이나 10 센놈이나. 어차피 1,000,000,000,000,000 절대악 앞에서는 0일 뿐.

그리고 묘한 쾌감을 느꼈다. 루펜달에게 동지애를 느끼기까지 했다.

'어. 이거.'

뭔가 좀 재미있는데.

한세아가 새로운 취미를 발견했을 때에 전장에는 한 가지 변화가 일었다. 용병왕 푸락셀이 기다리고 기대하던 한 가지 패가 드디어 전장에 모습을 드러낸 것이다.

드디어 루푸라토가 도착했다. 푸락셀이 루푸라토 세 마리를 발견했다. 성체인 것 같다.

'그렇지.'

놈의 서식지가 멀어서 오는 데 오래 걸릴 거라고 생각은 했다. 생각보다는 일찍 도착했다.

"루푸라토. 빠르게 전선에 합류해라!"

느릿느릿. 무언가가 걸어오기 시작했다. 덩치가 굉장히 컸다. 역광이라 검은색 그림자처럼 보였다. 세계의 언론들도 그 장면을 촬영했는데.

-정체를 알 수 없는 거대 몬스터가 천천히 다가오고 있습니다!
-모세의 기적처럼 길이 열리고 있습니다!

멀리서 보면 높은 빌딩 하나가, 거짓말 조금 보태면 산 하나가 통째로 다가오고 있는 것 같은 느낌이 들 정도였다.

-종류를 확인하기가 어렵습니다.
-저렇게 거대한 몬스터는 처음 보는 것 같습니다.

대형 몬스터에 속하는 발록도 저 정도 덩치는 아니었다. 높이만 수십 미터에 이를 정도. 어쩌면 100미터가 넘을 수도 있을 것 같았다. 걸을 때마다 지진이 일어난 것처럼 쿵! 쿵! 하고 땅이 울렸는데.

　'공룡?'

　한주혁이 보기에 공룡과 비슷한 형태였다.

　'미개척지에 존재하는 몬스터인 거 같네.'

　생김새를 보아하니 공룡 형태. 크게 보면 동물형 몬스터로 들어가는 것 같다. 그러니까 지금 푸락셀의 소환명령에 움직인 것 아니겠는가.

　'그리고……'

　특이한 점이 하나 있었다.

　'거대한 등껍질.'

　느낌이 온다.

　'게다가 푸락셀이 상당히 반기는 눈치야.'

　이 상황에서 푸락셀이 반길 만한 능력을 가진 몬스터는 몇 되지 않는다. 어떤 특수한 능력을 가졌거나. 그도 아니면 절대 악 자신을 지치게 만들 수 있는 몬스터.

　'덩치와 등껍질. 이동속도로 봐서는……'

　탱킹형 몬스터임에 틀림없다.

　무언가 숨기고 있는 비장의 한 수가 있을지, 어떠한 공격 능력을 가졌는지는 모르겠지만 일단 기본적으로 막강한 H/P와 방어력을 주축으로 한 거대 짐승형 몬스터다.

푸락셸은 약간의 여유를 되찾았다.

'저놈은 나조차도 쉽게 이길 수 없는 놈이다.'

짐승형 몬스터로 분류되어서 그렇지, 그러지 않았다면 싸우기 어려운 놈이다. 공격력 자체는 강하지 않으나 워낙에 막강한 피통과 방어력을 자랑하는 놈이라 잡기가 여간 어려운 게 아니다.

게다가 저놈. 그러니까 루푸라토에게는 특수한 능력이 있다.

'기본 주먹으로밖에는 공격할 수 없는 놈이지.'

저것은 플레이어들에게 엄청난 페널티로 다가올 것이다. 플레이어들은 마나에 대한 근본 원리는 모른 채 주어진 스킬만 앵무새처럼 반복하는 허접 같은 놈들 아닌가.

따라서 '스킬'이라는 시스템이 없으면 마력을 활용한 '평주먹'도 사용할 줄 모른다.

'네놈이 플레이어라면⋯⋯.'

그렇다면 아무리 강력해 봤자 스킬 없이는 싸우지 못할 터. 푸락셸이 망루 위에서 아래를 내려다봤다. 군사들의 사기를 북돋기로 했다.

"루푸라토가 도착했다. 절대악을 지치게 만들 것이다. 나의 자랑스러운 군사들아. 나를 경배하라. 너희들의 왕, 짐승의 왕,

용병들의 왕인 내가 승리를 명할 것이다!"

그의 특수한 마나가 몬스터들의 기운을 되살렸다. 절대악에게 위축되었던 짐승형 몬스터들이 다시금 포효하기 시작했다. 마치 든든한 우군이 도착한 것처럼.

"루푸라토가 최전방에 선다! 루푸라토! 루푸라토의 발걸음은 그 자체로도 훌륭한 공성병기다. 우리는 승리할 수밖에 없는 것이다!"

한주혁은 제대로 된 느낌을 받았다.

'미개척지에서 튀어나온 특별한 몬스터.'

엄청난 피통과 방어력을 가지고 있을 것이 분명한 몬스터. 용병과 푸락셀이 믿어 마지않는 대단한 몬스터.

'경험치……!'

아마도 엄청난 경험치를 줄 것이라 생각했다. 이미 레벨 100을 돌파했다. 지금이 기회다. 이렇게 엄청난 몰이사냥 기회가 언제 또 있겠는가.

그런데 생각해 보니.

'너무 센 척하면 다 튈 거 같은데.'

너무 쉽게 쓸어버리면 결국 푸락셀이 도망칠 거 같다. 그러면 안 된다. 저 경험치 호구를 적당히 자극하고 또 적당히 응해주면서 경험치만 쏙쏙 빼먹어야 했다. 지금 계속해서 몬스터들이 몰려들고 있는 상황. 더, 더, 더 불러 모아야 했다.

혹시 몰라 귓말을 보내놨다.

-걱정하지 마. 오빠 일부러 좀 약한 척할 거야.

-왜요?

-경험치 셔틀 도망치면 안 되니까.

지금 이 순간에도 실시간으로 256배의 경험치를 물어다 주는 짐승형 몬스터들이 리젠되고 있고 진격해 오고 있다. 생각해 보니 여태까지는 너무 지나치게 몰아붙인 거 같다. 좀 살살해야겠다.

-아. 맞네요.

이미 전례가 있지 않은가.

-꽃순이랑 록이록이도 막 도망쳤잖아요.

아마도 록이록이는 발록을 뜻하는 것 같았다.

-맞아.

세도 적당히 세야지. 너무 세면 싸울 의욕조차 안 나는 게 당연하다. 적당히 싸울 수 있을 것처럼 보여야 이렇게 알아서 경험치를 마구 물어다 바치지 않겠는가.

'레벨업을 하면.'

그러면 또 자신은 모르는, 절대악 전용의 스킬들이 활성화될 것이 틀림없다. 그렇다는 말은……:

'지금 내 궁극기인 아수라파천무보다 더 사기적인 게 튀어나올 수 있다는 거잖아?'

가보지 못한 미지의 영역. 그 영역에 발을 들이는 즐거움이란. 그 즐거움을 경험치 호구; 경험치 셔틀과 함께 하는 행복 감이란.

-스킬. 불꽃의 파천보법을 사용합니다.

한주혁이 지나간 자리에 불길이 남았다.

그 장면은 다본다 기자에 의해 정확하게 포착되었다. 마치 영화 속 주인공처럼. 그 주인공이 날렵하게 움직이는 것처럼.

다본다 기자는 신앙심을 담아 열심히 촬영했다. 절대악이 가장 빛나 보일 수 있도록.

-절대악이 또다시 대단한 공격을 선보입니다.

이 상황을 지켜보고 있는 어벤져스 연합장인 캡틴은 신음성을 삼켰다.

'뭐지?'

한주혁의 능력은 실시간으로 파악 중이다. 그런데 아주 짧은 사이, 훨씬 더 많이 강해진 거 같다.

'저 능력은 그냥 보법일 텐데.'

초정밀 카메라를 아무리 돌려봐도 보법 외에 다른 건 사용하지 않았다. 그냥 걸었을 뿐이다.

'걷기만 했는데 왜?'

아무래도 정답은 저 남겨진 잔상. 그러니까 '불꽃'인 것 같다.

'걷기만 해도 몬스터들이 죽어 나가?'

그것도 죽어 나가는 게 아니고 쓸려 나갔다. 불꽃의 잔상에 닿으면 닿는 대로, 스치면 스치는 대로 결국 먼지처럼 사라졌다. 거기에 꼬꼬와 루펜달이 협력플레이를 펼쳐(그 둘에게는 경쟁이지만 다른 사람이 보기에는 선의의 협력이었다) 아이템까지 획득하고 있는 중이다.

'도대체……'

어느 정도로 강해질 것이란 말인가. 그리고 또 용병왕이 새롭게 보였다.

'저 NPC는 어느 정도의 능력을 갖고 있길래 저런 절대악 앞에서도 도망치지 않지?'

아마도 엄청난 NPC가 아닐까 싶다. 남부 지방. 젤르두아의 패자라니까. 분명 뭔가 있기는 있겠지. 캡틴이 집중하고 있는 최상급 NPC. 젤르두아의 패자 푸락셀은 기세등등해졌다.

이유가 있었다.

"어떠냐!"

역시 생각이 맞았다. 루푸라토가 도착한 이상 전세는 이쪽으로 기울 것이다. 그의 눈앞에, 아까와는 다르게 아주 약간 고전하고 있는 절대악이 보였다.

루펜달은 자신의 눈을 의심했다.

'어라? 한 방에 안 죽었어? 형님의 위대한 평타를 맞고도?'

게다가 형님의 평타는 모든 속성 방어를 뚫어버리는 신의 평타 아닌가. 구마도스 장갑까지 낀 형님의 평타 한 방을 버티는 몬스터는 없을 것이라 생각했는데.

푸락셀은 만족한 듯한 미소를 지었다.

"어떠냐? 루푸라토의 절대적인 방어력은 나조차도 쉽게 깨뜨리지 못한다."

아니나 다를까. 루푸라토의 H/P는 미동도 하지 않았다.

"몰려들어라, 나의 군사들아! 더욱더 밀려들어라! 오늘 놈과 결판을 내겠다."

몬스터 웨이브는 끝나지 않았다. 세계 각지에 흩어져 있던 온갖 짐승형 몬스터들이 계속해서 프루나를 향해 진격했다.

한주혁은 다시 한번 공격했다.

-몬스터의 특수한 설정값을 확인합니다.
-주먹으로만 가격이 가능합니다.

그래서 너무 좋다.

-스킬. 평범하지 않은 강력한 주먹을 사용합니다.
-데미지 감소율을 99퍼센트로 설정합니다.

더더욱 좋은 것은 놈에게 특수한 방어능력이 있어서 화염 데미지를 입지 않는다는 거다. 화염 데미지를 입었다면 약한 척하기가 어려워질 뻔했다.

-스킬. 광역탐지를 사용합니다.

탐지반경을 넓히고 또 넓혔다. 몬스터들이 끝없이 몰려들고 있는 게 느껴졌다. 행복해졌다.

한주혁이 낭패한 듯한 표정을 지었다. 몰려드는 경험치에 소질 없었던 연기도 좀 잘하게 됐다.

"아주 단단한 놈이로구나."

한주혁을 이미 아는 사람이 본다면 발연기라 했겠지만 푸락셀이 보기에는 아니었다. 푸락셀이 보기에 절대악은 지금 적잖이 당황했다.

"저것이 바로 플레이어 놈들의 한계다. 기본 원리도 모르는 허접한 놈들은 의외의 상황에 대처하지 못하는 법."

세계의 매스컴도 지금의 상황에 집중했다. 절대악의 당황한 것 같은 표정까지도 잡혔다. 평타에 죽지 않는 공룡형 몬스터.

미개척지에서 튀어나온 대단한 몬스터. 사람들은 이것에 집중했다.

3층성은 진지해졌다.

-이것 보셈. 점점 난이도가 높아짐. 용병왕이 직접 나타난 것도 아닌데 절대악의 평타를 버텨낸 놈이 나타남. 심지어 H/P가 거의 닳지도 않았음. 상황 보임? 캔 유 씨, 루펜달?

조금 더 자신감에 차올랐다. 닉네임 '이오빠가내오빠다'의 콧대를 눌러줄 수 있을 것 같다(3층성은 이오빠가내오빠다를 루펜달이라고 생각 중이다).

'이오빠가내오빠다'를 줄여서 부르는 이름이 '이오빠'. '이오빠'는 이번에도 분노의 타자질을 이어갔다.

-척 봐도 저거……

저거 발연기인 거 모르겠음? 하고 치려다가 이내 멈췄다.

'아.'

저거 연기 같다. 오빠를 보아하니 그 생각을 알겠다. 약한 척해서 몬스터란 몬스터는 깡그리 모은 다음에 한꺼번에 처리하려는 거 같다.

역시 내 오빠다. 주어진 기회를 최대한 잘 활용할 줄 아는 내 오빠.

'내가 여기서 연기라고 떠벌리면 안 되겠지?'

'이오빠'가 말을 잇지 못하자 3충성은 더욱 기세등등해졌다.

-왜 말 못 함? 이제 내 분석력을 좀 믿겠음? 말문 막힘? 역시 그런 거임? 내 분석력을 따라오지 못하겠음? 고통찔레꽃이 눈앞에 아른아른거림?

그사이 한주혁이 또다시 주먹을 뻗었다. 몬스터들이 모이는 속도, 아수라파천무의 반경 등을 고려해 최적의 시간을 계산했다.

최고의 효율을 올릴 수 있는 시간과 타이밍을 노릴 것이다.

'여기선 적당히 힘든 척하고.'

절대악의 숨이 거칠어졌다. 그게 용병왕의 눈에도 완벽하게 잡혔다. 한주혁은 빠르게 움직이면서, 자신에게 달려드는 짐승형 몬스터들을 처리하는 중간중간 루푸라토를 공략했다. 루푸라토 한 마리의 H/P가 어느새 절반 가까이 떨어져 내렸다.

푸락셀은 상황을 조용히 지켜봤다.

'루푸라토는 세 마리.'

아마 절대악 저놈은 세 마리를 다 잡을 수 있을 거 같기는 하다. 그러면 체력이 전부 빠지겠지. 그때가 바로 나, 용병왕 푸락셀이 나설 타이밍이 될 것이다. 뭐가 어찌 됐든 역사는 승자만 기억하는 법. 결국 이번 전투에서의 승리자는 자신이 될 것이다.

　한주혁도 타이밍을 쟀다.
　'이 속도로 이 거대 몬스터를 사냥하면……'
　세 마리를 다 잡았을 때 즈음에는 엄청난 숫자의 몬스터들이 주변을 둘러싸고 있을 것이 틀림없었다.
　그런데 그때 좋은 생각이 떠올랐다.
　'아. 얘네가 성벽을 공격하게만 할 수 있으면.'
　아마 놈들도 한주혁 자신에게 특별한 능력이 있다는 건 이미 알고 있을 거다. 그래서 가급적 성벽 공격을 하지 않으려고 하기는 할 텐데.
　'만약 그렇게만 할 수 있다면……'
　그러면 정말 최고의 시나리오가 된다. 수성격이 미친 듯한 공격을 토해낼 테니까.
　'한 번.'
　한 번 해보기로 했다. 저 경험치 호구의 기색으로 보건대 이 방법이 가능할 거 같다는 생각이 들었다.
　'해보자.'
　절대악이 지금까지와는 약간 다른 방식으로 움직이기 시작했다.

3장
수성격, 불을 뿜다

한주혁이 결사의 표정을 지어 보였다.

그의 표정은, 아는 사람이 본다면 다분히 작위적이라 볼 수 있었지만 정작 그를 상대하고 있는 당사자인 푸락셀이 보기에는 그만큼 더 절절하고 결연한 표정이었다.

푸락셀은 깨달았다. 표정만 봐도 훤히 읽혔다.

'뭔가를 준비하는구나.'

결연한 표정.

'결연해졌다함은……'

표정을 관리하지 못할 만큼 심적 여유가 없다는 소리다. 적에게 약한 모습을 보이고 있다는 거니까.

'뭘 보여줄 테냐?'

뭘 보여줘 봤자 그 어떠한 것도 할 수 없을 테지만. 그렇게 생각했을 때, 절대악이 보법을 사용했다.

'아하.'

푸락셀은 절대악의 움직임을 보고 바로 파악할 수 있었다.

"나를 노리시겠다?"

용병왕 푸락셀. 그가 거대한 철퇴를 꺼내 들었다.

지금의 용병왕이 있도록 만들어준 강력한 무기. 그 무기를 위협적으로 돌리기 시작했다.

주변에서 흙먼지가 일었다. 철퇴의 궤적을 따라 붉은색 이펙트가 생겨났다. 모든 것을 잡아먹을 듯한, 맹수의 강렬한 기세를 담은 그의 몸짓에 젤르두아에서 데리고 온 병사들과 짐승들은 섬뜩함까지 느꼈다.

푸락셀은 여유로웠다.

"저리 멀리 꺼져라!"

한주혁은 푸락셀의 움직임을 모두 읽고 있었다. 마나의 흐름으로 보건대 공격형 마나는 아니다. '불꽃의 심안'이 알려주는 정보는 그게 아니었다.

'나와의 거리를 벌리려는 기술.'

기술명은 모르겠다만 아마 그런 것 같다.

'그러면. 날아가는 척해줘야지.'

-스킬. 파천보법을 사용합니다.

그래야 저놈이 제대로 낚일 거 아니겠는가.

성벽을 좀 제대로 공격하게 해줘야 한다. 지금 이 순간에도 꾸준히 몰려들고 있는 수많은 짐승형 몬스터를 위해. 더 정확히 말하자면 짐승형 몬스터들 몰이사냥을 위해.

한주혁의 몸이 무언가의 영향을 받은 것처럼 뒤로 날아갔다. 비명까지 질렀다.

"으어어억!"

가장 아쉬운 건 지금 H/P를 떨어뜨릴 수가 없다는 거다.

H/P까지 좀 줄어들고 해야 완전히 속일 수 있을 텐데. 이놈의 피통이 얼마나 무지막지하고 방어력이 강력한 건지, 저놈들의 공격으로는 단 1퍼센트의 H/P도 떨어지지 않았다.

'루푸라토. 저놈은 뭐 궁극기도 없어?'

궁극기라도 있으면 크리티컬샷을 띄워서, 다시 말해 급소에 갖다 맞춰서 H/P를 조금은 깎을 수 있을 것 같은데. 잘 맞도록 컨트롤해야 하겠지만.

한주혁은 바닥에 착지했다.

"큭……!"

어떠한 타격을 받은 것 같은 모양새. 그의 몸이 주르륵 밀려갔는데, 그가 발을 버티고 있는 땅이 깊게 파였다. 그 모양이 마치 누군가 일부러 두 줄을 그어놓은 것 같았다.

한주혁이 크게 외쳤다.

"비겁하다. 나와 정정당당하게 승부를 겨루자!"

푸락셀이 코웃음 쳤다.

"정정당당?"

정정당당이라는 것은 말이다.

"승리가 있을 때에나 의미가 있는 것이지."

H/P가 전혀 떨어지지 않은 것은 조금 이상하긴 했지만, 도망치는 와중에도 잡기술을 부려(화염 데미지) 또 수많은 몬스터들을 죽이기는 했지만 어쨌든 전세는 이쪽으로 기울고 있다.

"너는 감히 사랑하는 내 동생을 죽였다. 너는 수인들의 왕. 용병들의 왕인 나. 푸락셀의 분노를 온전히 받아들여야 할 것이다. 너의 죄는 델리트로밖에는 갚을 수 없으리."

한주혁은 또 한 가지 정보를 얻었다.

'쟤가 델리트도 시켜?'

상위급 NPC들이 갖고 있는 델리트 권능. 아마 저놈에게도 델리트 권능이 있는 것 같다.

한주혁은 그 사이 사이, 몬스터들의 공격을 피하면서 루푸라토를 적극적으로 공략했다. 물론 데미지 감소율은 -99퍼센트다.

푸락셀이 여유만만하게 말했다.

"처음의 기세는 어디 갔지?"

거리는 꽤 떨어져 있었지만 목소리는 정확히 들렸다. 그가 목소리에 마나를 담았기 때문이다.

한주혁은 대답하지 않았다. 못한 척했다. 그리고 재빠르게 움직여가면서 어떻게든 거리를 좁히려고 노력하는 척했다. 최대한 필사적으로 보이도록. 푸락셀에게 더욱더 자신감을 넣어줄 수 있도록.

그러면서 천세송에게는 귓말을 넣었다.

-이제 나 지원해 줘.

-네?

지원을 해달란다.

-어떤 의미의 지원이에요?

-내가 다급해져서 내가 가용 가능한 모든 병력을 동원하는 것처럼.

-그리고요?

-저놈들 중에 원거리 공격이 가능한 놈들을 끌어올 거야. 살살 약 올리면서. 지금 놈들은 자신감이 많이 붙은 상태고 조금만 더 몰아치면 나를 잡을 수 있다고 생각할 거야.

그렇게 되면 어찌어찌 원거리 공격으로 푸르나를 공격할 수 있다. 그러면 아마도 수성격이 하나의 공격을 최대 10배가 넘는 공격으로 되돌려준다. 그것도 아수라파천무의 능력을 빌어서.

-그리고 한 가지 미션을 줄게.

-나 오빠한테 도움될 수 있는 거예요?

천세송은 조금 행복해지기 시작했다.

그녀도 나름 강한데, 오빠가 지나치게 강한 게 항상 문제였다. 그녀 자신도 한주혁에게 늘 도움을 주고 싶으나 도움을 주기가 어려웠다. 그런데 오늘은 도움을 줄 수 있을 거 같다.

-다크나이트들을 사용해서 나를 지원해.

-다크나이트로요?

'음. 아무리 생각해도 다크나이트는 아무런 도움이 될 수 없는데.'

-아. 그리고 꽃순이도 같이.

꽃순이라면 그래도 이해가 된다. 발록. 기르카투와 더불어 천세송이 가지고 있는 가장 강력한 패였으니까.

"일어나라 죽음의 꽃순이여!"

그래서 꽃순이와 다크나이트들이 모습을 드러냈다.

한주혁이 천세송에게 요구한 것은 하나였다. 원거리 공격을 어떻게든 막을 것.

그렇게 시간이 흘렀다.

푸락셀이 드디어 한 가지 사실을 알아차렸다.

'놈……!'

그렇다. 여태까지 놈이 저렇게 강력할 수 있었던 것. 수십만이 넘는 몬스터 앞에서 당당하게 싸울 수 있었던 것은 일시적 현상임에 틀림없다.

'신급 아이템으로 도배라도 한 것이냐!'

그렇게밖에는 해석할 수가 없다. 절대악은 여전히 맹렬한 무위를 떨치며 이쪽을 향해 아둥바둥 기를 쓰며 다가오고 있지만, 그래도 이전과는 한 가지가 달라졌다.

'원거리 공격을 어떻게 해서든 막아내려고 하는군.'

근거리 공격은 허용해도 원거리 공격은 피했다. 그마저도 여의치 않으면.

"크하하핫! 어떠냐! 이것이 바로 나! 죽음의 꽃순이가 내리는 죽음이닷!"

이라 외쳐대는 저놈이 몸으로 막아냈다. 아무래도 속성 방어 능력이 있는 것 같았다. 따라서 불 공격이 아닌 모든 공격을 막아낼 수 있는 상황.

'가진 바 모든 능력을 끌어내서 싸우고 있군.'

푸락셀의 머릿속에 거대하고 완벽한 시나리오가 그려졌다.

'이쪽을 향해 계속해서 전진한다는 건.'

곧 이쪽을 공격할 커다란 한 방이 있다는 얘기다. 그렇지 않고서야 이렇게 부득부득 거리를 좁히려고 노력할 리는 없으니까.

'그런데 원거리 공격은 무조건 피해야 하는 상황.'

원거리 공격에 아주 취약한 상황이 됐을 거다. 절대악이라는 클래스에게, 어쩌면 그러한 약점이 있는 걸지도. 아까까지는 아이템이나 스킬빨로 견뎌내고 있었지만 이제는 아니라는 소리다.

"뿔캉을 투입하라!"

망루. 그러니까 푸락셀의 지척에서 푸락셀을 호위하던 높이 약 7미터의 거대한 몬스터들이 움직이기 시작했다.

전체적으로, 코뿔소가 캥거루처럼 일어난 형상에 가까웠는데 온몸이 바위로 덮여 있었다.

뿔캉 역시 플레이어들에게는 전혀 알려져 있지 않은, 미개척지에서 등장하는 몬스터.

"놈에게 바위 세례를 맛보여주어라."

한주혁은 수많은 몬스터들 틈바구니에서도 필사적으로 원거리 공격은 피해냈다. 그 순간 하늘 위에서 지름 약 5미터에 달하는 거대한 돌덩어리가 떨어져 내리는 게 보였다.

'어. 저거 좀 세 보이는데?'

필사적이지 않은데 필사적인 것처럼 도망치는 것도 참 힘든 일이다. 그런데 저건 좀 세 보인다.

'맞아볼까?'

근데 맞았다가 피가 하나도 안 떨어지면? 그럼 다시 원래대로 돌아가버린다. 놈이 이상하다는 것을 알아차릴 거다.

'모험은 하지 말자.'

죽을까 봐 모험하지 않겠다는 게 아니라, H/P가 1도 안 떨어질 것이 걱정되어 모험하지 않기로 했다.

전 세계의 언론이 집중하고 있는 가운데, 스베너 연합의 블랙샤크는 황당하다는 듯 웃었다.

"저딴 게 진짜 절대악이라고?"

강한 건 맞았다. 순식간에 몇만을 도륙해 버렸으니까. 그런데 딱 거기까지다. 그 이후로는 그럴싸한 활약을 하지 못하고 있다.

"어떻게든 거리를 좁히려고 하는 게 눈에 훤히 보여서 안쓰러울 지경이군."

기분이 좋아졌다. 그렇다. 세계 최고의 영웅은 자신이어야 했다. 적어도 나이 20대에는 말이다.

"저딴 놈이 세계 최강의 플레이어라는 명예를 손에 쥐고 있으면 나 블랙샤크의 이름이 울지 않는가."

좀 기분이 좋아졌다.

"비스트 마스터는?"

"아직 활약할 기회를 찾지 못해 대기 중입니다."

"이런 상황이면 비스트 마스터가 투입될 필요도 없겠군."

"예. 그렇지만 혹시 모르니 전장에서 대기 중입니다."

블랙샤크는 절대악을 무시했다. 마치 절대악을 무시하면 자기가 더 영웅이 되는 것처럼.

"흥. 비스트 마스터도 별로 필요 없겠군. 저렇게 발악하는 꼴이 아주 볼썽사나워. 저딴 플레이어가 세계 최강이자 인류의 영웅이라 칭송받다니."

그래도 기분이 좋았다.

'앞으로 세상은 절대악이 아니라.'

절대악 클래스보다 훨씬 더 뛰어나고 훨씬 더 강력한 클래스.

'나. 암염의 검투사 블랙샤크를 영웅이라 칭할 것이다.'

—✦—

쿠구궁!

콰광!

뿔캉의 특수 공격. 마법으로 만들어낸 거대한 돌덩어리가 한주혁을 공격했고 한주혁은 어찌어찌 그것들을 피해냈다. 곁에서 보면 정말 필사적이었다.

그리고 또 어찌어찌, 몬스터들의 포위를 뚫고 수많은 몬스터를 압살해 가면서 푸락셀을 향해 접근했다.

'아. 이제 조금 참아야겠다.'

이제 더 잡으면 또 레벨업하게 생겼다.

레벨업하면 또 모든 수치가 정상으로 돌아오니. 그러면 체력을 다 회복했을 거라 생각하겠지. 그럼 안 된다. 방심을 불러일으키고 더 얕잡아 보여야 했다. 원거리 공격을 마음 놓고 마구마구 사용할 수 있도록.

그걸 본 3층성의 입가에도 미소가 새겨졌다. 그렇다. 역시 자신의 분석력은 최고다. '이오빠가내오빠다'처럼 허접하지 않다.

-이것 보셈. 절대악도 더 이상 공격을 하지 못함.

결국 수성격에 의지해서 전투를 치러야 할 것이다. 지금 절대악도 상당히 지친 상태일 것이다.

-절대악의 M/P도 무한이 아니라는 사실을 증명된 셈. 그리고 나의 분석이 맞음. 이제 절대악은 소모전으로 시간을 끌면서 어찌어찌 겨우 승리하게 될 것임.

그러던 찰나. 꽃순이가 불꽃을 토해냈다.
"모두 죽어버려랏!"
주변 일대를 불로 뒤덮었다. 또다시 수많은 몬스터가 사라져갔다. 과연 불의 사제. 이프리트다운 공격력이었다. 그러나 그것도 마지막. 이프리트가 역소환됐다.
그와 동시에 한주혁이 재빠르게 움직였다. 성벽을 향해서. 곁에서 보면 마지막 발악처럼 보였다.
"저 성가신 놈으로 마지막 공격을 불사르고 퇴로를 열어 퇴각한다라."
최후의 최후까지 버티다가 선택한 것이 결국 도주인가. 절대악이라는 놈은 역시 플레이어의 한계를 벗어나지 못한 것인가.
"이제 보니 아주 쓰레기같이 졸렬한 놈이었군."
그래도 아직 H/P가 100프로다. 그런데도 도망을 친다. 용병왕 푸락셀은 그 작태를 이해하지 못했다. 아니, 이해할 수 없었다. H/P가 멀쩡한데 힘들다는 이유로 도망을 치다니.

"남자답지 못하구나!"

젤르두아의 군사들이 낄낄대고 웃었다. 그들만의 노래를 만들어 불렀다.

"절대악 얼간이! 절대악 겁쟁이!"

푸락셀이 총공세 명령을 내렸다.

"놓치지 마라!"

수만 마리의 몬스터가 희생당했다. 지금 놈의 체력이 완전히 바닥난 상태. 지금이 기회다. 지금 잡으면 쉽게 잡을 수 있을 것이다.

"뿔캉!"

뿔캉들이 제대로 공격하기 시작했다. 한주혁은 맞을 듯 맞지 않을 듯, 정말 아슬아슬하고 힘겹게 그 공격들을 피해냈다. 정말 딱 감질맛 날 정도로.

이 정도면 이제 맞겠는데? 조금만 더 하면 맞겠는데? 조금만 더! 조금만 더! 그래! 이제 곧이야! 이 정도의 마음이 들 정도로. 교묘하게 움직였다.

쿠구궁!

쿠구구구궁!

콰광!

콰과광!

돌덩어리들이 마구마구 떨어져 내렸다. 원거리 공격이 가능한 모든 몬스터가 일제히 공격들을 토해내기 시작했다. 마지막 공세인 것처럼 말이다.

푸락셀은 회심의 미소를 지었다.

'조금만 더!'

이제 곧 놈을 잡을 수 있을 것 같다. 체력도 다 빼놓았고. 최후의 순간에는 자신이 나서면 된다. 어차피 놈이 성벽 안으로 들어가려면 성문을 통과해야 한다.

"성문 앞으로 내가 먼저 움직이겠다."

성문은 자신이 틀어막는다. 지칠대로 지친 절대악을 상대로 하여 이 매서운 철퇴 맛을 보여주기로 했다.

"그리고 후방지휘는 네가 맡도록."

"알겠습니다! 절대악의 목을 따오실 것이라 확신합니다!"

젤르두아가 먼저 성벽으로 향했고 한주혁도 성벽에 거의 근접했다. 원거리 공격. 아니, 원거리 폭격이 가해지고 있는 상태.

극적인 장면이 연출 됐다. 절대악이 드디어 중심을 잡지 못하고 넘어진 거다. 지휘봉을 넘겨받은 부관은 흥분했다.

"공격! 공격하라!"

수많은 공격이 절대악을 향해 떨어졌다. 절대악이 아주 교묘히 조금씩 움직여서 그 공격들을 성벽으로 유도했다. 그리고 결국. 마침내 절대악은 그 수많은 공격이 일시에 성벽을 타격하는 상황을 만들어 낼 수 있었다.

그때. 목소리가 들려왔다.

"네놈은 내가 죽여주마. 이 몸, 푸락셀께서 친히 말이다."

그리고 알림도 들려왔다. 수성격이 공격을 감지했고 그에 따라 반격하겠다는 알림이었다.

'됐다.'

드디어 수성격. 아니, 마성격이 제대로 활약할 수 있는 타이밍이 왔다.

<마성격>

수성전과 공성전에 있어서 전천후 사용 가능한 공방일체의 위대한 마법력.

쿨타임: 480초

소모 M/P: 120

효과:

　1) 성벽 공격시 플레이어가 소유하고 있는 가장 강력한 공격 스킬 데미지를 성벽 전체에 일시 적용.

　2) 성벽 방어시 플레이어가 소유하고 있는 가장 강력한 방어 스킬 방어력을 성벽 전체에 일시 적용.

특수 효과:

　1) 플레이어의 M/P 양에 따라 스킬 발현 지속 가능.

+상세설명

마성격은 한주혁이 최초에 M/P 120을 사용하여 발현시켜

놓으면 한주혁의 M/P를 소모하여 발현이 가능한, 수성격와 파성격이 합쳐진 스킬.

'단순히 유지하는 것 자체는 그다지 부담이 없어.'

그냥 펼쳐놓는 것만으로는 M/P 소모가 거의 없다. 있기는 있는데 한주혁의 지능이 워낙 높아 회복속도가 소모속도보다 더 빠르다. 그래서 거의 없다고 봐도 된다.

그렇다면 과연. 공격이 가해졌을 때. 마성격을 유지하는 데 M/P가 얼마나 떨어질 것인가.

'좋은 실험이 되겠어.'

-마성격이 공격을 감지합니다.

한주혁은 봤다. 원거리 공격이 약 30여 개 정도 마성격을 향해 떨어져 내렸다. 한주혁이 정교한 컨트롤과 움직임으로 그걸 가능하게 했다.

-플레이어의 가장 강력한 공격 스킬을 판단합니다.

가장 강력한 스킬이라 함은 바로 아수라파천무다.

루펜달이 발견했다.

"오오! 악느님이시여!"

검은색 구름이 몰려들어 하늘 전체를 덮었다. 그는 이게 절대악 때문인지는 모른다. 그냥 일단 검은색 구름이 몰려들고 풍경이 변하며 바람이 세차게 불자 악느님 때문인가 보다 할 뿐.

눈에 보이는 모든 필드 전체가 검은색으로 물들었다. 마치 흑백으로 이루어진 세상으로 들어온 것 같았다.

-플레이어의 가장 강력한 공격 스킬은 '아수라파천무'입니다.

그와 동시에.

'안 돼!'

이상호(다본다) 기자는 절망했다.

'악느님의 모습을 담아야 하는데……!'

이 스킬. 뭔지 알고 있다. 절대악의 궁극기. 이게 펼쳐지면 대부분의 영상 기록 장치들이 일시적으로 고장 난다.

'이걸 세계에 알려야 하는데!'

그러나 그럴 수 없었다. 영상 기록 스톤, 혹은 카메라들이 전혀 작동하지 않았다.

-마성격이 하나의 공격을 37번의 공격으로 화답합니다.

다시 말해 한 개의 공격에 대해 아수라파천무 37개로 공격한다는 얘기다. 그런데 그 공격이 약 30여 개쯤 됐으니 아수라파천무 약 1,000개를 한꺼번에 사용한다는 말이 된다.

한주혁은 집중했다.

'범위가 겹치지 않게.'

세밀한 컨트롤이 필요했다. 아무 소리도 들리지 않았다. 이 순간만큼은 마성격을 컨트롤하는 데 최대한 집중했다.

'쉽지 않네.'

아무리 한주혁이라고 해도 궁극기쯤 되는 스킬 1,000개를 컨트롤하는 것은 어렵다. 더더군다나 이곳으로부터 상당히 거리가 멀리 떨어져 있는 곳까지 공격 범위에 담고 공격 범위를 일일이 설정하는 컨트롤은 막대한 정신력을 필요로 했다.

'이거……'

스탯이 만약 170을 돌파하지 못했다면 더 힘들었을 수도 있다. 현재 한주혁은 스탯을 통한 단순 계산으로 유추해 보면 레벨이 거의 1,000에 근접한 상태다.

그래서 느꼈다.

'재미있다……!'

이렇게 세밀한 컨트롤이 필요한 스킬. 그리고 집중해야만 하는 이 상황. 한주혁은 드디어 이 올림푸스에서 재미를 느낄 수 있는 요소를 한 가지 찾아낸 셈이다.

한주혁이 재미를 느끼자 기적이 일어났다.

"세상에……."

이상호 기자는 입을 쩍 벌렸다. 이 상황을 카메라에 담지 못

하는 것이 못내 안타까울 뿐이었다.

"어떻게 이럴 수가……."

일단 그가 가장 먼저 놀랐던 건 바로.

"용병왕이라며?"

용병왕은 절대악이 지쳤다고 판단했을 때. 그때 모습을 드러내며 이렇게 얘기했었다.

"네놈은 내가 죽여주마. 이 몸, 푸락셀께서 친히 말이다."

그리고 친히 오신 푸락셀은 친히 가셨다. 오자마자 갔다. 검은 잿더미가 되어 좋은 곳으로 갔다. 스치자마자 사망했다. 1초도 안 걸렸다.

"이건 도대체……."

검은 안개. 그 안에서 내리치는 검은 번개들. 세상에 신이 있어 세상을 멸할 때 내리는 신의 심판 같았다. 이상호는 광경 자체에 압도됐다. 보고 있노라면 경외심이 들 정도였다.

용병왕이 모습을 드러내자마자 사망했다. 최상급 NPC고 상급 NPC고 그건 중요한 게 아닌 듯했다. 중요한 건 절대악의 궁극기에 스치자마자 사망했다는 거다.

"그리고 이건 도대체……."

그와 함께 촬영을 하던 기자들도 말을 잇지 못했다. 고작 할 수 있는 말이라곤 '이건 도대체……' 정도였다. 그만큼 충격에 빠졌다.

프루나 일대를 가득 메우고 있던 몬스터들을 찾아볼 수 없었다. 주변은 깨끗했다. 몬스터 한 마리 남지 않았다.

"다 어디 갔어?"

몬스터만 안 보이는 게 아니고 젤르두아를 호령했다던 상급 NPC들도 보이지 않았다.

"왜 다 없지?"

그사이에 도망친 건 아닌 것 같은데.

'이거 설마. 절대악이 설계한 함정이었나?'

이상호 기자는 거기서 깨달음을 얻을 수 있었다. 절대악이 일부러 힘든 척하면서 후퇴했다. 그리고 공격을 성벽으로 유도했다. 이 사기급 스킬을 선보이기 위해서. 원래부터 사기였는데 더더욱 사기급이 되어 버렸다.

아수라파천무 폭풍이 한차례 지나가고 나서야 영상 기록 장치들이 제대로 작동하기 시작했다.

-저희는 분명히 봤습니다. 가히 신의 심판이라고 해도 한 점 부족함이 없을 정도의 신위였습니다.

모두가 동의했다. 처음에는 부정했는데 시간이 지나니까 인정하게 됐다. 눈으로 직접 봤는데 부정하려야 부정할 수 없었다.

키에엑!

엄청난 속도로 불꽃의 잔상을 남기며 시체를 능욕하고 있는 꼬꼬가 아까의 일을 증명해 줬다.

-프루나 일대를 가득 채우고 있는 저것들은 원래 있던 것들이 아닙니다. 바로 시체입니다.

검은 잿더미들이 워낙에 많이 쌓여 있어서 마치 이곳이 잿더미로 이루어진 땅 같았다.

꼬꼬는 새로운 경지에 발을 들였다.

키에엑!

나는 부족하다!

꼬꼬의 강력한 식탐은 더더욱 강력하게 작용했다. 먹을 것을 향한 기이한 열망은 사그라지지 않는데 먹을 것은 너무나 많다. 그런데 너무 많아서 제대로 쪼기도 전에 다 사라질 거 같다. 그러면 안 된다. 꼬꼬는 위기의식을 느꼈다. 열심히 쪼고 또 쪼았다. 그리하여.

-축하합니다!

-새로운 스킬이 활성화되었습니다.

또 하나의 스킬이 활성화되었다.

-(광역)매우 강력한 식탐이 활성화되었습니다.

원래 꼬꼬가 가지고 있는 스킬은 '매우 강력한 식탐'.

그런데 그것을 넘어서서 이제는 '(광역)'이라는 수식어가 붙었다.

키에에에엑!

꼬꼬가 하늘을 날았다.

"질 수 없다!"

루펜달도 아이템이 쏟아지는 족족 그 아이템들을 쓸어 담았다.

"광역 아이템 콜렉팅!"

아이템이 드랍됨과 동시에 그것은 루펜달의 인벤토리로, 또 그것은 한주혁의 인벤토리로 이동되었다.

다시 말해 방금의 그 상황은 진짜였다. 절대악이 뭘 어떻게 한 건지는 모르겠다만 수십만, 아니, 수백만. 어쩌면 수천만이 넘을지도 모르는 몬스터들이 그 자리에서 사망했다. 단 한 마리도 남기지 않고.

이상호 기자는 거기서 문득, 한 가지 깨달음을 얻었다.

'이렇게 수많은 몬스터를 잡은 플레이어가……'

다름 아닌 절대악이다. 절대악의 정확한 레벨은 모르지만 그래도, 어쩌면 수천만에 달할지도 모르는 몬스터들을 일시에 소거해 버렸다.

이 정도면 폭업을 할 수도 있을 거 같다는 생각이 들었다. 지금도 미친 듯이 강한데, 여기서 폭업을 한다면? 아까 이 기적의 현장에 집중하느라 절대악이 얼마만큼 레벨업을 했는지 보지 못해 아쉬울 따름이었다.

그런데 절대악을 주시했던 사람도 있었다.

그는 주위를 살폈다. 이곳은 안전한 것 같다. 잠시 로그아웃을 했다. 핸드폰을 들고서 바로 연락을 취했다.

"죽을 뻔했습니다."

만약 스킬이 발동된 다음에 도망치려 했다면 도망치지 못했을 것이다. 블랙샤크가 물었다.

-도대체 어떻게 된 일이지?

"절대악에게 숨겨져 있던 궁극기가 있던 모양입니다. 스킬 한 번으로 모든 몬스터를 깡그리 녹여 버린 거 같습니다. 저는 위험 감지와 관련된 특수 스킬이 있어서 일단 뭔가 위험한 것 같아서 도망을 쳤습니다만."

그의 클래스는 비스트 마스터. 중국 내에서도 손에 꼽는 히든 클래스이며 스베너 연합의 연합장 블랙샤크의 심복이기도 했다.

"도망을 치는 와중에도 턱밑까지 그 공격이 닿았습니다."

사실 닿지 않았다. 닿았다면 아마 스치자마자 사망했을 거다. 아주 운 좋게, 종이 한 장 차이로 스킬의 범위에서 벗어날 수 있었다.

"그 와중에 절대악은 최소 10레벨업 이상을 했습니다."

-뭐라고?

블랙샤크는 자신의 귀를 의심했다.

-10레벨업?

절대악의 레벨이 못해도 100은 될 텐데. 거기서 10레벨업을 한 번에 했다고? 이게 말이야 방구야.

-잘못 봤겠지.

"아닙니다. 진짜입니다."

-그게 말이 되나? 아무리 절대악이라고 해도. 수천만 마리의 몬스터가 있다고 해도 어떻게 10레벨업을 하나? 네가 잘못본 것이 틀림없다. 경험치가 대략 100배쯤 되는 버프가 있다면 모를까. 그건 말도 안 되는 소리다.

블랙샤크가 하도 단정 지어 얘기하길래 비스트 마스터도 고개를 갸웃했다.

'내가 진짜 잘못 봤나?'

그래. 도망치면서 봐서 확실하지 않지.

아직 그들은 상식에서 벗어나지 못했다.

한주혁에게 알림이 들려왔다.

-레벨이 올랐습니다.

레벨 103이 되었을 때. 이런 알림도 들렸다.

-새로운 스킬이 활성화되었습니다.

그리고 그와 동시에 레벨 104가 되었다. 레벨 104가 됨과 동시에 레벨 105가 되었다. 레벨 105이 됨과 동시에 레벨 106이 되었다.

그렇게 레벨 110이 되었을 때 이런 알림이 또 들렸다.

-새로운 스킬이 활성화되었습니다.

거기서 끝이 아니었다. 레벨 110은 우스웠다. 순식간에 레벨 118이 됐다.

달빛 강화를 받은 몬스터, 256배의 경험치 버프, 그리고 수백만 어쩌면 수천만에 이를지도 모르는 어마어마한 양의 몬스터들. 그것은 18레벨업을 이끌어냈다.

한주혁은 자신이 무려 18레벨업을 했다는 것을 믿기 어려웠다.

'플레이 초반에도 이런 레벨업은 못 했는데.'

아무도 안 믿을 거다. 보통 레벨 1에서 18까지 올리는데, 평범한 경우라면 10년 정도 걸리는 게 정상이다. 요즘에는 그 속도가 점점 빨라지고는 있으나 어쨌든 대략적인 평균은 그렇다. 1에서 18까지 10년이 걸리는데, 100에서 118까지 단 몇 초만에 올랐다.

그것은 물론이고.

-인벤토리가 가득 찼습니다.
-아이템 전송이 불가능합니다.

인벤토리까지 가득 찼다. 루펜달이 '아공간 활성화'를 외치며 아이템들을 쓸어 담고 있는 중.

한주혁이 자신의 폭업에 어안이 벙벙할 때, 또 어안이 벙벙한 한 사람이 있었으니 그 이름은 바로 '충성충성충성'이었다.

-이건 말도 안 된다.

모니터 앞에 앉아 있던 그는 의자에서 떨어져 내렸다. 일어설 수 없었다. 나의 분석력이. 나의 위대한 분석력이 이렇게 또 허망하게.

-거 봐. 순식간에 쓸려 나간다고 했지. 님 나한테 짐.

3충성은 황당한 나머지 아무렇게나 타자를 쳤다. 이 상황은 그에게 멘탈붕괴 현상을 일으키기에 충분했다.

-루펜달. 네가 날 속여?

물론 그도 안다. 루펜달이 속인 건 아니다. 지금 이 시점에서 그는 '이오빠가내오빠다'가 루펜달이라 생각했다. 루펜달은 현재 올림푸스에서 활약하고 있다. 그걸 3충성도 안다. 그러나 지나치게 큰 충격을 받은 3충성은 사리분별이 제대로 안 됐다.

'이오빠가내오빠다'가 잔인하게 말했다.

-고통찔레꽃 얼굴에 붙이셈.

상황을 지켜보던, 3충성의 별명을 '자낳괴(자본주의가 낳은 괴물)'로 만드는 데 혁혁한 공을 세웠던 닉네임 '열비람'이 한술 더 떴다.

-중요한 곳에 붙이면 바로 1,000만 원 쏘겠음.

전 세계는 방금 일어난 일에 대해서 도무지 믿을 수 없다는 반응이었다. 이 모든 것이 결국은 절대악의 설계였다. 일부러 약한 척을 하면서 덤벼들게 만들고, 그 숫자를 모으고 모으고 또 모아서 한꺼번에 쓸어 버렸다.

중간에 영상 기록 장치의 고장 때문에 정확하게 파악하지는 못했지만 대략 10레벨업 이상을 해버렸다.

-눈으로 보고도 믿지 못할 광경!

-200년의 상식을 깨부순 절대악의 무력!

-그사이에 또다시 레벨업?

전 세계에 속보가 터져 나왔다. 절대악이 말도 안 되는 사기급 스킬로 수백만이 넘는 몬스터들. 그것도 정체조차 밝혀지지 않은 미개척지의 몬스터들과 더불어 상급 NPC. 아니, 최상급 NPC로 알려진 푸락셀조차 순식간에 지워 버렸다.

그런데 상황은 거기서 종료된 것이 아니었다. 프루나 일대에 전체 알림이 들려왔다. 절대악을 신봉해 마지않는 루펜달조차도 찔끔 놀랐다.

"혀, 형님. 이 알림은……!"

4장
최초의 300대 레벨 몬스터

　한주혁은 잠시 틈이 난 사이에 새로 생긴 두 가지 스킬을 좀 살펴봤다.

　'오……!'

　드디어. 드디어 없던 스킬이 생겼다. 안 그래도 상당히 필요하다고, 그 필요성을 절절히 느끼고 있던 스킬이다.

　'역시 이 클래스 자체적으로 부족한 부분에 대해서 알고 있는 것 같네. 시스템이.'

　이 말을 누군가가 들었다면 아마 어이없어했을지도 모를 일이다. 방금 수백, 수천만에 달하는 몬스터들을 일시에 쓸어버리고 레벨 118로 폭업한 한주혁의 클래스에게 부족한 부분이 있다니. 상식적인 선에서는 도저히 납득이 안 되는 부분일 것이다.

천세송이 가까이 다가왔다.

"오빠. 뭐 좋은 거 생겼어요?"

오빠가 좋은 거면 나도 좋아요. 그러한 사랑의 눈빛을 가득 담아 한주혁을 쳐다봤다.

역시 이 오빠는 내 오빠였다. 아니, 이 남친은 내 남친······ 더 나아가 이 남편은 내 남편이면 좋겠다. 어쨌든 이 남친은 또 다시 말도 안 되는 무력을 선보이며 세계를 경악에 빠뜨렸다.

"뭐예요? 나도 알려주면 안 돼요?"

"어. 안 돼."

"왜요?"

천세송은 입술을 살짝 내밀고는 토라진 척했다. 한주혁은 그런 천세송이 귀여워 머리를 슥슥 쓰다듬고는 말해줬다.

"광역 속박기 생겼어."

"우와. 진짜요?"

오빠가 사용하는 광역 속박기라니. 그것도 레벨 100 넘어서 생긴 스킬이라니. 아수라파천무보다 대단하면 대단했지 덜 대단하지는 않지 않겠는가.

"그러면 이제 보스 몬스터들 도망 못 쳐요?"

"어. 다행히도."

원래 보스 몬스터는 수십 명 이상의 플레이어가 모여서 며칠을 레이드해야 한다. 그런데 한주혁은 그 차원을 뛰어넘었다. 보스몹이 도망치느냐 못 치느냐. 그것만이 중요할 뿐.

이번에 생긴 스킬은 '악의 결계'였다. 말 그대로 결계를 펼쳐서 그 누구도 도망치지 못하게 하는 스킬.

"그런데……."

문제가 하나 있었다. 이 스킬을 사용할 수 있으려면 '현재 진행 중인 퀘스트'들을 모두 클리어해야 한단다. 그게 완전 활성화의 조건이었다. 현재 그가 진행 중인 퀘스트는 '용병왕의 분노'다.

'이게 클리어되지 않았다는 건.'

용병왕이 완벽하게 죽지 않았다는 거다. 아마도 제국 NPC들처럼 부활의 권능을 가지고 있을 것 같다.

'이놈을 잡아야 하는데.'

이번에 너무 완벽하게 끝내 버려서 이제는 겁을 먹고 안 올 거 같은데. 그러면 이쪽에서 찾아 나서야 할 거 같은데.

다행인 건 시스템이 이러한 부분을 충분히 고려한 것처럼 보였다.

"추적 스킬이 생겼거든."

"추적 스킬이요?"

천세송은 생각했다. 이제 더 이상 강해질 것이 별로 없으니까 이런저런 잡기술까지도 생기는구나. 역시 우리 오빠. 아니, 미래의 내 남편은 세상에서 제일 세구나.

"한 번 봤던 플레이어나 NPC. 거기에 몬스터들까지도 추적이 가능해졌어."

절대악의 능력을 벗어나는, 아주 원거리라든가 혹은 다른 차원으로의 이동쯤 되면 모를까. 어지간하면 추적이 가능하게 됐다.

"그러면 용병왕을 잡으러 가야겠네요?"

"어. 아직 부활은 하지 않은 모양이지만."

부활하면 알림이 울리도록 설정을 해뒀다.

"카메라 세례 장난 아니네요."

재미있는 건 기자들조차도 지금 절대악에게 함부로 접근하지 못하고 있다는 것이다.

질문하기 위해서 달려들어야 정상인데 지금은 아니었다. 아직도 정신을 못 차리고 있는 중. 그럴 만도 했다. 절대악이 여태까지 해왔던 수많은 일도 이미 충분히 충격적인데, 이번에 벌인 일은 그야말로 상식 밖의 일이었으니까.

"그래도 슬슬 정신 차리고 이쪽으로 오는데요?"

다들 눈치를 살살 보면서 접근하고 있는 와중에 딱 한 명, JTBN 소속 이상호 기자만 헐레벌떡 뛰어왔다.

저도 모르게 사심이 튀어나왔다.

"악느님!"

그는 황급히 호칭을 수정했다.

'아. 나도 모르게 신앙심이 그만.'

"아서 님. 인터뷰 요청을 해도 되겠습니까?"

……라고 질문을 시작했는데 더 이상 질문을 할 수 없게 되

어 버렸다.

루펜달이 흠칫 놀랐다.

"혀, 형님. 이 알림은……!"

한주혁은 주변을 둘러봤다. 시체들이 웅웅거렸다. 그러고는 바들바들 떨리기 시작했다.

"마리안. 네가 한 거 아니지?"

앱솔루트 네크로맨서가 한 것도 아니다.

"아니에요. 제가 한 건 루푸라토 세 마리랑 뿔캉 세 마리를 언데드화시킨 것뿐인데……."

미개척지에 존재하던, 말하자면 방어형 몬스터 루푸라토와 공격형 몬스터 뿔캉을 언데드화시킨 것 외에 별다른 행동은 취하지 않았다. 다시 말해 이것은 인위적인 현상이 아니라는 거다.

기자들이 또다시 바빠졌다.

-수많은 시체가 한곳으로 모이고 있습니다.

일이 끝난 것 같았는데 끝난 게 아니었다.

수천만에 달하는 시체들. 그 시체들이 모이고 모여서 하나의 산을 이루는 것 같았다.

-말 그대로 시체로 이루어진 산. 시산이 생겨나고 있습니다.
-이게 도대체 어떻게 된 일일까요?

이게 어떻게 된 일인지에 대해서는 시스템이 친절하게 알림으로 알려줬다.

-몬스터들의 원념이 한곳으로 뭉치기 시작합니다.
-몬스터들의 사념이 강력한 몬스터를 불러들입니다.

수천만의 몬스터가 한자리에서 학살당했다.

-강력한 보스 몬스터가 생성됩니다.
-강력한 보스 몬스터가 생성되기까지 3분의 여유 시간이 있습니다.

여유 시간이 있다면서, 그것도 전체 알림으로 알려줬다. 그말은 곧.
"뭐야 이거?"
"센 놈 나타난다고 친절하게 알려줘?"
경고의 의미였다.

"이거 진짜 튀어야 하는 거 아냐?"

시스템은 절대악이 이곳에 있다는 사실을 안다. 그런데 그 시스템이 경고했다. 강력한 보스 몬스터가 나타난다고. 얼마나 강력하냐면, 시스템이 대략적인 레벨까지도 알려줬다.

-수많은 몬스터들의 사념을 확인합니다.
-레벨 300대의 보스 몬스터가 강림할 예정입니다.

프루나 근방에 일대 소란이 일었다.

"들었어?"

"너도?"

"이거 진짜야?"

공식적으로 세계 최상위 랭커들의 레벨이 90 정도 된다. 달빛 강화된 짐승 형태의 몬스터들 덕택에 마의 90 벽이 계속해서 깨지고 있고 비공식적인 랭커들이 그보다 높기는 하다지만, 어쨌든 레벨 90이라 하면 세계 최정상급 레벨이라 할 수 있다.

"레벨 300?"

그런데 레벨 300이라니. 레벨 300대라면 아무리 약하게 쳐도 레벨 300 아닌가.

"저런 게 존재했어?"

"진짜 튀어야 하는 거 아닌가?"

아무리 악느님이 있다고 해도 레벨 300은 좀 역부족일 거 같다.

"악느님 레벨이 100 정도였고……. 이번에 10몇 업했으니까 아무리 좋게 쳐줘도 레벨 120 정도잖아. 악느님이니까 그보다 한 두 배는 세다 치면 진짜 잘 쳐줘도 레벨 240 정도인데."

레벨 240도 사실은 꿈의 숫자다. 현실세계에는 존재하지 않을 법한 레벨. 하지만 악느님이니까. 그래서 레벨 240 정도로 쳤다. 그런데 레벨 300대라니.

"몰라. 나는 일단 튄다."

레벨 300 정도 되면 그 흔한 델리트 권능도 있지 않겠는가. 델리트될 수는 없다. 루펜달조차도 처음에는 당황했을 정도니, 일반 플레이어들은 더더욱 당황했다.

모니터로 화면을 바라보던 한세아도 깜짝 놀랐다.

"레벨 300?"

도대체 어떤 놈이 나올까.

"센가?"

그래 봤자 오빠한테는 안 될 거 같은데. 레벨 10 때 레벨 100을 잡고 다녔던 오빠다. 스탯 수치상으로는 레벨 300이 아니라 레벨 1000에 근접한다. 레벨 역보정이 이루어진다고는 하지만.

"스탯이 워낙에 넘사벽(넘을 수 없는 사차원의 벽)이라 어차피 상대도 안 될 거 같은데."

그래서 거의 유일하게 마음 편하게 상황을 주시했다.

'그래. 뭐. 우리 오빠라면 뭐 어떻게 알아서 하겠지.'

그다지 긴장하지 않았다.

정작 긴장한 사람은 주변으로 도망쳤던, 중국 플레이어 '비스트 마스터'였다. 블랙샤크와의 연락을 위해 잠시 로그아웃을 했던 그는 다시 로그인을 하자마자 몸을 부르르 떨었다.

'이 강력한 힘은⋯⋯!'

이 힘은 반드시 얻어야만 하는 힘이었다.

'내가 얻어야 하는 힘이다.'

어쩌면 블랙샤크를 뛰어넘을 수도 있는 그런 야만적이고 흉포한 힘이 느껴졌다.

'내게는 비장의 수가 있다.'

딱 한 번. 인생에 단 한 번 사용할 수 있는 절대 스킬이 있다. 1회성 스킬. 비스트 마스터의 인생 스킬이라 할 수 있는 그 스킬. 그 스킬을 사용하여 지금 느껴지는 이 강맹한 힘을 얻을 수만 있다면.

'세계 최고가 될 수 있어.'

몸이 부르르 떨렸다. 그도 전체 알림을 들었다. 레벨 300대라니. 인간은 이룩하지 못할 경지 아닌가.

'내가 얻는다!'

남은 시간은 이제 2분가량. 프루나의 플레이어들은 도망치고 NPC들은 두려움에 떠는 사이, 비스트 마스터는 위험을 무릅쓰고 프루나로 향했다.

그리고 프루나에 도착했을 때. 그는 볼 수 있었다. 은빛의 기운을 흩뿌리고 있는 거대한 은빛 호랑이를. 마치 달빛으로 빚은 것 같은 몬스터를 말이다.

모습을 드러낸 보스 몬스터.

-보스 몬스터 '문 타이거'가 모습을 드러냈습니다.
-보스 몬스터 존이 선포됩니다.
-보스 몬스터 존이 선포되면 탈출이 불가능합니다.
-보스 몬스터 존이 선포된 이후 10초간 보스 몬스터 무적 상태가 진행됩니다.

문 타이거란다. 시스템이 알려주기로 레벨 300대. 기본적인 레벨은 한주혁보다 훨씬 높은 적.

'달빛 강화된 몬스터들을 잡아서.'

그랬더니 이런 놈이 나타났다. 은은한 기운이 새어 나오는 은빛 털. 위엄 가득 찬 은색 눈동자. 크기는 그렇게 크지 않으나 한주혁도 대번에 느낄 수 있었다.

저놈은 여태까지 상대했던 놈들과는 많이 다르구나.

'10초의 무적 상태라.'

저 때 달려들면 답이 없는 건가. 하지만 무조건 그렇지는 않다. 한주혁에게는 '케르핀의 낙서장'이 있다.

<케르핀의 낙서장>

질서 없이 아무렇게나 작성된 특별한 낙서장. 아무런 질서가 없어 보이지만 그 안에 내재된 낙서의 힘은 강력한 권능을 가진다.

효과: 모든 시스템 효과 무시

사용 횟수: (0/3)

모든 시스템 효과를 무시할 수 있는 권능이 있다. 만약 필요하다면, 저놈을 때려잡는 데 어떤 강력한 특수효과가 필요하다면 낙서장을 사용할 용의도 충분히 있었다.

꼬꼬는 현재 하늘을 날고 있는 상태. 꼬꼬가 달려들지 않고 있다는 건 놈이 그만큼 강력하다는 얘기다.

'어쩌면 블랙 스톤보다도 상급의 몬스터 스톤을 드랍하는 건 아닐까?'

그런 기대마저 들었다. 그 문 타이거가 빠르게 움직였다. 유령처럼 몸이 사라졌다. 그리고 무언가를 집어삼켰다.

"크아아악!"

한주혁은 전혀 모르는 플레이어. 왜 접근했는지는 모르겠는데 접근했다가 죽었다.

'뭐하는 놈이야?'

선의를 갖고 온 것 같지는 않았다. 문 타이거를 상대로 뭔가를 하려고 했는데 다가와서 그냥 죽었다.

-보스 몬스터 존 선포가 완료되었습니다.
-문 타이거가 비스트 마스터를 사살하였습니다.
-문 타이거가 비스트 마스터의 힘을 흡수합니다.

비스트 마스터란다. 해석하자면 동물 명장 정도 되겠다. 그러니까 동물 명장이라는, 동물을 다스리는 히든 플레이어가 나타나서 순식간에 잡아 먹혔다.

-문 타이거의 기운이 더욱 강력해집니다.

그리고 문 타이거에게 큰 힘을 선물하고 돌아가셨다.

-보스 몬스터의 무적 상태가 종료되었습니다.

한주혁도 조금 긴장했다. 방금 한주혁도 봤다. 놈의 움직임은 굉장히 빨랐고 은밀했다. 소리조차 들리지 않았으니까.

'재미있겠어.'

그때. 놀라운 일이 벌어졌다.

문 타이거. 그는 스스로를 제왕이라 생각했다. 그랬다. 그는 태어날 때부터 지배자. 이 세상의 모든 만물이 자신의 밑에 있을 것이란 본능을 가지고 태어났다.

처음 태어나 주위를 둘러봤을 때. 문 타이거는 확신했다.

하늘에 있는 저놈도 내가 감히 무서워 다가오지 못하는구나.

지배자의 본능이 말해줬다. 하늘에 떠 있는 저 불꽃 독수리. 저놈은 상당히 강력한 놈이 틀림없었다. 그러나 자신에 비하면 아무것도 아니었다.

저놈에게서도 제왕의 기백이 느껴지기는 하나 그래 봤자 강함이라는 건 상대적인 것. 여태까지는 저놈이 제왕이었을지 모르나 이제는 아니다. 바로 자신. 문 타이거가 이 세상에 모습을 드러냈으니까 말이다.

크르르릉-

문 타이거가 낮게 울었다.

절대자의 위엄과 체통이 있다. 너무 빨리 움직이면 안 된다. 자신 앞에 있는, 혹은 느껴지는 모든 생명체가 자신을 경배하고 두려워할 때까지 천천히. 제왕답게 움직여야 했다.

그런데 무엇인가가 느껴졌다. 인간인 것 같았다.

문 타이거는 본능으로 느꼈다. 저 인간을 먹어야 한다. 저 인간이 나를 더욱 강하게 만들어줄 것이다.

문 타이거는 저 플레이어가 히든 클래스인 비스트 마스터라는 것까지는 몰랐다. 다만 저놈을 삼키면 자신이 훨씬 더 성장할 수 있다는 것을 알았다. 그래서 움직였다.

그리고 문 타이거의 본능은 확실했다.

문 타이거는 매우 만족했다. 이놈을 잡아먹었더니 몸에서 기이한 기운이 피어오르는 것 같았다.

자신의 몸에서 새어 나오는 은빛 기운이 더욱 강력해짐을 느꼈다. 한 단계 더 강력한, 초월적인 존재가 되었음을 느꼈다.

한층 더 강력해진 문 타이거는 절대자답게, 위엄 있게 걸음을 옮기려고 했다. 그런데 눈앞이 캄캄해지는 기분이 들었다.

문 타이거의 털이 쭈뼛쭈뼛 섰다. 눈으로는 보이지 않지만, 하여튼 그랬다. 문 타이거의 등에서 식은땀이 흘러내렸다. 앞으로 더 움직였다가는 죽는다. 본능이 경고했다.

문 타이거는 제왕이기를 포기하기로 했다. 태어난 지 얼마 되지도 않았는데 죽을 수는 없다. 문 타이거는 죽고 싶지 않았다.

나는 산다.

살아야 했다. 살아서 제왕의 위엄을 떨쳐야 했다.

나는 도망친다.

강함이라는 건 상대적인 거다. 저 하늘에 떠 있는 불꽃 독수리가 자신에게 감히 범접하지 못하는 것처럼. 자신도 저 눈앞의 작은 인간에게는 범접할 수 없다.

아까 나는 어리석었구나.

비스트 마스터를 먹고 나니까 확실히 느껴졌다. 힘의 격차가.

아무것도 모를 때, 가진 게 없을 때, 지금보다 약할 때는 몰랐는데, 자기가 제일 센 줄 알았는데 좀 더 머리가 굵어지고 힘이 세지고 나니 보였다. 세상 위에 또 세상이 있었다.

나는 간다.

가야 했다. 어디로든 도망쳐야 했다. 이승에 아직 미련이 남았다. 호랑이로 태어났으면 가죽은 남겨야 하지 않겠는가.

강력한 달빛의 힘이 느껴지는 곳으로.

문 타이거는 자신의 안식처를 찾아낼 수 있었다. 극도로 발달된 문 타이거의 기감과 본능은 자신의 길을 스스로 개척할 수 있도록 도와주었다.

그곳만이 나의 안식처.

그래서 무적 타이밍이 끝남과 동시에 도망쳤다. 절대악이 수를 쓰기도 전에 말이다.

전 세계는 상황을 제대로 이해하지 못했다. 영상이라도 있으면 그렇구나 할 텐데, 전 세계의 모든 영상 기록 장치가 고장났다.

영상으로 봐도 못 믿을 지경인데, 영상도 없으니 신빙성이 많이 떨어졌다. 어떻게 스킬 한 번으로 수백, 수천만에 달하는 몬스터를 지워 버린단 말인가.

"에이. 아무리 그래도 그건 과장이지."

"그건 말도 안 되는 거야. 인간적으로 그게 말이 되나?"

눈으로 봐도 믿지 못하는 세상이다. 눈으로 보지 못하니 더욱 못 믿는다. 블랙샤크도 그랬다.

"놈은 철저하게 계산된 허울 좋은 영웅이 틀림없군."

"그럴 것입니다."

블랙샤크는 자신이 보고 싶은 것만 보고 듣고 싶은 것만 들었으며 믿고 싶은 것만 믿었다.

"분명 놈은 푸락셀을 상대할 때 힘겨워했다."

마지막의 마지막 순간에 힘을 짜내어 반격을 하려던 그 모습이 아직도 선하지 않은가.

"그러고서 어떤 비장의 방법을 사용해서 몬스터들을 일시에 소탕한 것이다."

일시에 죽였는지도 잘 모르겠다. 엄청나게 많은 숫자를 죽인 것은 틀림없지만 개중 일부는 도망도 쳤을 거다.

"꽤 오랜 시간이 필요한 준비 작업이 있었을 것이다."

그게 무엇인지는 모르겠지만 아마도 지뢰라든가, 광범위에 걸쳐서 발동하는 마법 스크롤이라든가. 그런 게 있었을 거다. 그것을 가리기 위하여 절대악이 연막작전으로 커다란 스킬들을 사용했고.

"그렇습니다. 일개 개인이 그런 스킬을 사용했다는 건 말도 안 됩니다. 분명 숨겨진 수가 있을 것입니다."

"그렇지."

당대 최고의 클래스라 자부하는 '암염의 검투사'인 자신조차도 하지 못하는 게 어떻게 가능하단 말인가. 아무리 절대악이라고 해도 저건 불가능한 거다.

그런데 그때 보고가 올라왔다. 비스트 마스터가 사망했다는 소식이었다. 블랙샤크가 인상을 찡그렸다.

"비스트 마스터, 그 멍청이 새끼는……."

히든 클래스면 뭐하나. 그토록 약해빠져서야 뭐가 도움이라도 되겠는가.

"도대체 뭐에 죽었어? 도망 잘 쳤잖아. 절대악이 쫓아오기라도 했다는 건가?"

"아닙니다. 새로이 등장한 보스 몬스터에게 죽었다고 합니다."

"보스 몬스터?"

"프루나 일대에 전체 알림이 들렸다고 합니다."

들어보니 레벨 300대 몬스터가 출현했단다. 암염의 검투사 블랙샤크는 순간 움찔했다.

'레벨 300?'

그런 레벨의 몬스터가 존재했던가?

'미쳤군.'

레벨 300대. 본 적은 당연히 없고 들어본 적도 없는 레벨의, 천상계 몬스터다.

"그래서 어떻게 됐지?"

"그것이······."

한주혁은 황당했다.

'뭐야?'

무적 타이밍이 끝나기를 기다리고 있었다. 무적 타이밍이 끝나면 저 몬스터. 그러니까 레벨 300대 문 타이거가 공격을 해오든 서로 거리를 재며 기회를 노리든. 그렇게 할 것 같았었는데 아니었다.

천세송이 아쉽다는 듯 말했다.

"또 도망쳤어요."

"······."

"뭔가 이번에는 절대 도망 안 칠 것 같은 분위기였는데. 오빠가 무섭긴 무서운가 봐요."

생각해 보면 처음에는 도망칠 생각이 없어 보였는데 비스트 마스터인지 뭔지 하는 플레이어를 잡아먹고 나서 갑자기 도망쳤다.

"오빠. 속박기 못 써봐서 어떡해요?"

"어차피 지금 당장은 못 써."

현재 진행 중인 퀘스트. '용병왕의 분노'를 클리어해야만 사용할 수 있다는 조건이 붙어 있다.

'일단 레벨 18업을 했다는 것에 만족해야 되나.'

좀 황당했다. 레벨 300대 몬스터가 뭐 이렇게 순식간에 도망을 친단 말인가. 아니, 인간적으로 한 번 부딪쳐보고 튀든가 해야지.

루펜달이 이렇게 말했다.

"상도덕이 없는 몬스터로군요."

아무래도 그런 것 같다. 어떻게 한 번을 안 부딪치고 도망을 가는지. 도망치더라도 아이템을 떨구고 도망쳐야 하는 거 아닌가. 어떻게 이렇게 상도덕이 없을 수 있단 말인가!

"어쨌든 악느님의 위대하심이 다시 한번 밝혀졌습니다. 레벨 300대 몬스터조차도 겁을 먹고 달아나는 형님의 위대함을 다시 한번 경배합니다! 형렐루야! 형멘!"

그가 선창하자 프루나 성 안에서 대기하던, 수천이 넘는 형렐루야 연합원들이 '형렐루야! 형멘!'을 크게 외쳐댔다.

-NPC들이 감탄합니다!
-NPC들의 충성심이 상승합니다!
-절대악 포인트가 주어집니다.

재미있는 건 공포에 떨고 있던 NPC들이 형렐루야 연합원들이 크게 외쳐대는 '형렐루야! 형멘!'에 크나큰 위로와 힘을 얻고 있다는 것.

"그렇지. 역시 우리 영주님이시지!"

"잠시 잠깐이라도 영주님을 의심했던 내가 부끄러워지는군."

"이러고 있을 게 아니네. 우리도 다 함께 외치세!"

그리하여 NPC들도 크게 외치기 시작했다.

"형렐루야! 형멘!"

영주를 향한 NPC들의 사랑과 충정이 불타올랐다. 스스로를 반성했다. 그러자 한 단계 발전이 있었다.

한주혁에게 알림이 들려왔다.

-NPC들의 높은 충성심이 확인됩니다.

-NPC들의 등급이 1단계 상향조정됩니다!

-NPC들의 생산성이 1단계 상향조정됩니다!

-NPC들의 영지에 대한 사랑이 흘러넘칩니다!

비옥지대 프루나. 그곳의 생산성은 이미 전 세계 최고 수준이다. 한주혁이 강화를 거쳐서 평야를 늘리고 땅을 비옥하게 만들어주지 않았던가. 거기에 더해 이제는 NPC들의 생산성까지 높아졌다.

카를로스 대평원에서 수확되는 곡식, 그리고 프루나에서 생산될 엄청난 양의 곡식. 그 모든 것이 다 한주혁의 재산이다.

시르티안이 직접 걸어 나와 영주를 알현했다. 무릎을 꿇었다. 그러고서 친히 영주인 한주혁을 안내했다. 카메라 세례가 터져 나왔다. 역시 절대악은 절대악이었다. 또다시 말도 안 되는 승리를 거머쥐었다.

수백만이 넘는 몬스터들을 대학살하여 18레벨업을 한 것도 이슈였지만 더 큰 이슈는 이것이었다.

-레벨 300대 몬스터 문 타이거. 절대악 앞에서 도망!
-레벨 300대 몬스터조차도 두려움을 느끼는 절대악.

이것은 전 세계적으로 영향을 줬다. 그럼 이제 레벨 300대 몬스터가 어디에 나타나는가. 이게 중요하지 않은가.

각 대륙을 다스리는 제국 소유의 영지에 나타난다면 막아낼 수 있겠지만, 만약 그렇지 않다면? 플레이어 소유의 영지 근처 혹은 사냥터에 나타난다면?

그에 따라 블랙샤크는 즉각 성명을 발표했다.

-문 타이거 따위는 위대한 중국 연합. 스베너에게는 상대도 되지 않을 것.

그리고 한 가지 의구심을 표했다.

-정말로 절대악 때문에 도망친 것이라는 증거 없어.

절대악 때문에 도망친 건지, 아니면 그냥 모습을 감췄는지 그건 알 길이 없다. 절대악 때문에 도망쳤다는 건 어디까지나 형렐루야에서 그렇게 주장하는 거다.

블랙샤크가 말했다.

"설령 절대악이 무서워 도망쳤다 할지라도……."

오히려 그러면 더 좋은 거 아니겠는가. 절대악이 무서워 도망친 몬스터. 그렇다면 스베너 연합에게도 상대가 되지 않을 것이다.

중국 플레이어는 위대하다. 저 코딱지만 한 한국의 플레이어보다.

블랙샤크는 이러한 마음을 가지고 발표했고 그것은 중국 내에서 막대한 지지를 받았다.

대세는 이러했다.

-역시 그렇지. 절대악이 할 수 있으면 우리 블랙샤크도 할 수 있다!

한편 한주혁과 티타임을 갖게 된 란돌이 얘기했다.

"만약 우리 몬스터 스톤 탄광에 모습을 드러낸다면…… 생각만 해도 끔찍하군요."

"설마요."

한주혁이 어깨를 으쓱했다. 란돌의 본거지라 할 수 있는 파이라 대륙은 멀다. 멀 뿐만 아니라 워프 포탈도 굉장히 한정되어 있다. 오고 가기가 매우 어려운 대륙이다.

"만약 나타난다 하더라도 제가 가서 잡으면 되죠."

그게 뭐 어렵다고. 여차하면 일단 젤르두아로 쳐들어가서 용병왕부터 때려잡고 속박기를 완전히 익힌 다음 문 타이거를 잡으면 된다. 그럼 도망은 못 치겠지.

란돌이 빙그레 웃었다.

"말씀만으로도 든든하군요."

역시 절대악과의 친분을 만들어 놓은 것은 신의 한 수였다. 란돌 왕자는 그렇게 평가했다.

그런 의미에서 지금 중국의 행보는 멍청하기 그지없는 행보였다. 중국 내 여론이 절대악에게 불리하게 흘러가고 있었으니까.

블랙샤크인지 뭔지 하는 애송이가 중국의 여론을 교묘하게 움직였다. '중국이 최고다'라는 일종의 선민사상을 근본으로 말이다.

"귀하께서는 문 타이거가 어디에 모습을 드러낼 것이라고 생각하십니까? 생각한 곳이 있으신가요?"

"물론 있죠."

당연히 있다.

"달빛 강화된 짐승형 몬스터들. 그 사념이 뭉치고 모여서 생성된 달빛과 관련된 보스 몬스터."

그렇다는 말은 역시 '달빛'이라는 키워드와 큰 연관을 가진다는 얘기다.

"도망을 친다면 자신이 가장 편안하게 느낄 수 있는 곳으로 도망을 치겠죠. 본능적으로나, 시스템적으로나."

"그렇다는 말은……?"

한주혁이 고개를 끄덕였다.

"아마 맞을 겁니다."

달빛 피리로 활성화시킨 '저주받은 세니아 던전'. 그곳이 가장 유력했다. 그곳은 지금 세니아 던전의 영향으로 인하여 강한 달빛이 내리쬐고 있다고 했다.

그리고 한주혁의 예상은 보기 좋게 맞아떨어졌다. 란돌이 감탄했다.

"역시. 절대악이시군요."

"별말씀을요. 플레이하다 보니까 대충 감이 와요."

란돌은 다시 한번 생각했다. 저런 사람이 절대악이라서 다행이라고. 정말 악한 사람이었다면 아마 지금 세계의 모습과 판도가 바뀌어 있었을 거다. 아주 많이.

"어떻게 하실 생각인가요?"

한주혁이 씨익 웃었다.

"조금 두고 봐야죠."

그렇게 문 타이거가 모습을 드러냈다. 저주받은 세니아 던전. 그러니까 지금은 중국 스베너 연합이 지배하고 있는 '라망투 영지'. 그곳에 모습을 드러냈단다. 그것도 아주 특이한 형태로.

지금까지와는 아주 많이 다른 형태로 말이다.

5장
나 바빠요

중국 라망투 영지.

중국 내 최강 연합이라 할 수 있는 흑흑 연합이 과거 지배했던 영지다. 그리고 절대악을 통해 '아이템 전송소'를 설립한 곳이기도 하다.

또한 후발주자이나 무서운 기세로 흑흑 연합을 따라잡고 있는 스베너 연합이 사활을 걸고 덤벼들어 빼앗은 영지이기도 하다.

중국의 거대 연합 두 곳이 차지하고 싶어 하는 곳. 거기에 더해 아이템 전송소까지 있는 곳.

이 두 가지만 보더라도 라망투 영지가 중국 기반 대륙에서 매우 중요한 곳이라는 사실을 그리 어렵지 않게 짐작할 수 있다.

블랙샤크가 벌떡 일어섰다.

"뭐라고!"

문 타이거가 모습을 드러낸 곳이 다름 아닌 라망투 영지란다.

"영지에 어떻게 나타나!"

영지는 몬스터 불가침 영역이다. 영지 안에 있으면 몬스터들이 공격하지 않는다. 아니, 공격할 수 없다.

"그, 그것이……."

더 정확하게 말하자면 '성' 안에 있으면 몬스터들로부터 공격받지 않는다. 그런데 그 성이 무너지면?

"성이 무너졌다고 합니다."

그 성이 무너지면 결국 영지 내 보호 기능은 사라진다.

"어떻게 몬스터가 영지를 쳐!"

여태까지 그런 적은 없었다. 용암사막처럼 특이 케이스. 아예 영지 안에서 사육하는 경우면 모를까. 성 외부에서 성을 공격하여 무너뜨린 몬스터는 없었다.

또 다른 소식이 전해졌다. 누군가가 헐레벌떡 뛰어왔다.

"주요 시설이 모두 파괴되었습니다."

블랙샤크는 상태의 심각성을 깨달았다. 문 타이거가 모습을 드러낸 곳이 하필이면 라망투 영지. 그 라망투 영지에서 난동을 피우고 있는데.

"NPC의 30퍼센트 이상이 사망했습니다!"

NPC들이 사망했다. 라망투 영지의 근간을 이루는 주민들이 바로 NPC다.

"이럴 때 쓰라고 대피소 만들어 놨잖아!"

정확히 말하자면 흑흑 연합에서 혹시 몰라 미리 만들어놨었다.

"대피소가……. 무용지물이었습니다."

문 타이거는 확실히 제왕형 몬스터. 눈앞에 살아 있는 것들을 용납하지 않았다.

"레벨 300대 몬스터의 힘은 감히 측량할 수가 없습니다."

블랙샤크는 황급히 올림푸스에 접속할 준비를 했다. 이거 큰일이다.

'아이템 전송소는 무사해야 하는데.'

다른 건 몰라도 아이템 전송소는 무조건 지켜야 한다. 아이템 전송소를 통해 막대한 이득을 취하고 있지 않은가. 지금 아이템 전송소를 가지고 준비 중인 사업이 무려 4개나 된다.

연합 운영비를 상당 부분 털어 넣었을 정도로 대대적으로 준비하고 있던 프로젝트들. 만약 아이템 전송소가 무너지면 스베너 연합은 엄청난 재정적 위기에 부딪칠지도 모른다.

"내가 접속한다!"

그런데 비보는 거기서 그치지 않았다.

"아이템 전송소가 무너졌습니다!"

전 세계에서 이 사건을 중요하게 다뤘다.

-문 타이거. 라망투 영지에서 대규모 살육!
-라망투 영지. 문 타이거에 의해 무너지다.

레벨 300대의 몬스터가 나타난 것도 처음이고 그 몬스터에 의해 영지의 성이 무너지는 것도 처음이다. 그리고 영지 내의 기반시설을 모조리 파괴한 것도 처음이다.

블랙샤크가 황급히 대응책 마련에 나섰다고 전해졌다.

-스베너 연합. 레이드팀 구축.
-중국 최대 연합 스베너. 문 타이거 사냥?

물론 블랙샤크 없이 이미 대응을 하기는 했었다. 결과는 몰살. NPC와 플레이어 전부가 녹아내렸다.

블랙샤크는 이렇게 얘기했다.

-문 타이거는 우리 스베너에게 아무런 위협도 되지 않는다.

그렇게 강력하게 주장했다. 실제로 그는 자신이 있었다. 절대악으로부터 도망친 약한 몬스터 아닌가. 절대악에게서 도망쳤다면, 자신도 잡을 수 있다.

블랙샤크는 대대적으로 방송했다.

"탱커!"

문 타이거를 잡기 위하여 만반의 준비를 했다. 문 타이거에게는 한 가지 속성이 있었다. 무릎을 꿇고 기어 다니는 플레이어는 죽이지 않았다. 자비를 베풀듯. 그냥 내버려 뒀다.

그것이 제왕 문 타이거가 인간들에게 가지는 여유였다. 블랙샤크는 그 점을 노렸다.

"무릎을 꿇고 이동한다."

탱커진이 먼저 앞으로 움직였다.

"원딜들 궁극기 준비."

원딜들이 먼저 폭격을 가해서 정신을 못 차리게 만든 뒤, 속박 절차에 들어갈 거다. 그사이 시간은 탱커들이 벌어줄 것이다.

"우리는 스베너다!"

누가 뭐래도 중국 최대 연합이다. 객관적인 전력으로는 흑흑 연합이 조금 더 유리했지만, 어쨌든 그들 스스로는 자신들이 중국 최대 연합이라 생각했다.

블랙샤크가 말했다.

"스베너의 위대함을, 중국의 위대함을 만천하에 널리 퍼뜨리자!"

과연 문 타이거는 무릎을 꿇고 이동하는 플레이어들을 힐끗 보고는 공격하지 않았다. 올 테면 와봐라. 이런 느낌이다. 그래서 암염의 검투사 블랙샤크는 화가 많이 났다.

'몬스터 주제에.'

감히 나를 무시해?

'이쪽을 보고도 아무런 반응이 없어?'

자존심이 많이 상했다. 마치 적으로 생각하지도 않는 것 같았다. 지금 당장에라도 사살시키고 싶다.

한편, 문 타이거는 생각했다.

저놈들은 뭘까. 무릎을 꿇고 있으니 살려는 주는데. 왜 가까이 다가올까.

거기까지만 생각하고 이내 플레이어들에게 관심을 껐다. 그렇다. 산에 나무가 있는 것은 당연하고 땅에 흙이 있는 건 당연하다. 놈들이 무릎을 꿇고 기어 다니는 것 역시 당연하다. 나무와 흙에 신경 쓰지 않듯, 문 타이거는 플레이어들에게 신경을 쓰지 않았다.

"원딜 1진. 궁극기 준비됐습니다."

그 유명한 스베너 연합이다. 1차 레이드팀으로 3만 명을 동원했다.

"원딜 2진. 궁극기 준비됐습니다."

원딜만 무려 10진까지 준비됐다. 한 번씩 번갈아가면서, 쿨타임 없이 공격이 가능하다.

"서포트 준비됐습니다."

"놈을 절대 움직일 수 없도록 하겠습니다."

"디버프 준비됐습니다."

블랙샤크는 씨익 웃었다. 그렇다. 이것이 바로 스베너 연합이다. 모든 플레이어가 마치 하나의 생명체처럼 유기적으로 움직인다.

"탱커 1진. 준비됐습니다."

"어그로 완벽하게 끌 수 있습니다."

지금이야 문 타이거가 관심도 보이지 않고 있지만 공격을 시작하면 다를 것이다.

"어그로 튀지 않도록 조심한다."

문 타이거가 얼마만큼 강력한지는 이미 봤다. 만약 탱커진을 벗어나서 원딜진이나 서포트 진에 문 타이거가 들어가게 된다면 대량학살이 일어날 건 분명한 일.

"물론입니다!"

탱커진 역시 자신 있었다. 자신들이라면. 자신들이 힘을 합치면 저 호랑이 정도는 그리 어렵지 않게 잡을 수 있을 것이라 확신했다. 누가 뭐래도 그들은 그 대단하다는 중국 연합. 스베너니까.

탱커 1진을 이끄는 '라팔'이 계속해서 접근했다. 문 타이거와 남은 거리는 고작 5미터 정도.

"탱커 1진. 접근 완료하였습니다."

라팔도 조금 떨렸다. 바로 앞에서 본 문 타이거는 과연 제왕이라 할 수 있었다. 레벨 300대 몬스터다웠다.

'진짜로 공격하지 않는군.'

그 여유 때문에 오늘이 네 제삿날이 될 것이다. 스베너 연합의 탱커 1진은 어그로를 놓치지 않는 것으로 유명하다. 특히 근거리에서 어그로를 잡아당기는 능력이 타의 추종을 불허한다. 해외 연합의 평가도 그랬고 자체적인 평가도 그랬다.

블랙샤크도 그 사실을 알고 있다. 탱커 1진을 향해 무한한 신뢰를 보냈다.

"탱커 1진. 시작해!"

그렇게 탱커 1진이 공격을 시작했다. 공격하기 위해 몸을 일으켰다. 그리고 그 순간 바람이 불었다.

라팔은 자신 있었다.

"탱커 1진은 어그로를 확실히 잡는다!"

일단 거리를 확보했다. 그러면 됐다. 어그로는 이미 확보한 셈.

"대장님. 이미 죽었는데요?"

"뭐라고?"

라팔은 주위를 둘러봤다.

"……응?"

언제 죽었지.

"아까 바람 불었잖아요."

"그런데?"

"그게 공격 스킬이었던 거 같은데요."

달빛을 머금은 바람. 은색 바람이 불어왔었다. 그런데 그게 공격인 줄은 몰랐다.

뒤에서 상황을 지켜보던 블랙샤크는 황당했다.

'왜 죽어?'

문 타이거는 딱히 공격도 하지 않았다. 그런데 다들 죽었다. 스베너가 자랑하는 탱커 1진이 어그로를 제대로 끌기도 전에 50퍼센트 이상 사망했다. 다시 말해 60명이 죽었다.

문 타이거는 이제 플레이어들을 신경 쓰기 시작했다. 플레이어가 두렵다거나 한 건 아니다.

감히. 내 앞에서 다리를 펴고 일어서?

그게 화가 났다. 제왕 앞에서 감히 몸을 일으켰다. 무릎을 꿇고 기어 다니는, 분수를 아는 놈들은 살 자격이 있지만 자기 분수를 잃은 놈은 죽어야 했다. 그게 바로 제왕. 문 타이거의 법도였다.

그래서 힘을 사용했다. 비스트 마스터를 삼키고 나서는 더욱 강해졌다. 달빛의 기운을 사용할 줄도 안다. 바람을 일으켜서 모두 죽여 버렸다. 다리를 조금이라도 편 놈들은 죽였다.

크르르르릉-

제왕 문 타이거는 낮게 울었다. 피어를 발산했다. 플레이어들 대다수가 디버프에 걸렸다.

-스턴 상태에 걸렸습니다.

-M/P 회복 불가 상태에 걸렸습니다.

-모든 저항력 50퍼센트 하락 디버프에 걸렸습니다.

크르릉- 하고 한 번 울기만 했는데 많은 플레이어가 악영향을 받았다. 문 타이거는 깨달았다.

이놈들은 내가 무서워서, 나를 경배하기 위해서 무릎을 꿇고 다닌 것이 아니구나.

문 타이거가 몸을 일으켰다. 놈들의 불손한 저의를 알았다. 그렇다면 이제 놈들을 사냥할 차례다. 감히 제왕에게 도전한 그 죄를 묻기로 했다.

블랙샤크는 문 타이거의 눈빛이 변했음을 깨달았다. 그래서 황급히 검을 뽑아 들었다.

"겁먹지 마라!"

암염의 검투사답게, 중국 랭킹 1위(스스로는 그렇게 생각했다)답게 문 타이거를 성공적으로 레이드하는 모습을 보여주기로 했다.

"공격은."

피하면 그만이다. 맞지 않으면 된다. 자신은 빠르다. 탱커처럼 둔하지 않다. 문 타이거의 공격을 피해낼 수 있을 것이다. 흘러낼 수 있을 것이다.

"놈은 내가 일선에서 상대하겠다."

그래서 일선에서 상대만 했다. 자신만 있었다. 검을 뽑기만 했다.

자신 있게 검을 뽑았던 그는 자신 있게 검만 뽑고 사망했다.

"……"

레벨 300대 몬스터의 위엄은 거기서 그치지 않았다. 중국이 자랑하는 스베너 연합원들 대부분이 그 자리에서 즉사했다. 온갖 아이템들을 드랍했다. 암염의 검투사가 자랑하는 레전드급 명검 '다크 소드'까지 드랍됐다. 그러나 그 누구도 그것들을 얻지 못했다.

-문 타이거. 플레이어는 보이는 즉시 사살.

-습성 하나가 사라져.

무릎을 꿇든 어쨌든 문 타이거는 이제 플레이어를 보기만 하면 죽였다. 스베너 연합이 나쁜 선례를 만들었기 때문이다.

블랙샤크는 망연자실했다.

"어떻게 이럴 수가……."

중국 내에서 조롱거리가 된 것도 죽겠는데, 당장 사업 여러 개가 망하게 생겼다. 아이템 전송소는 파괴되었다. 말 그대로 계약 파기다. 만약 스베너에 아주 강력한, 독보적인 힘이 있었다면 계약 파기도 괜찮겠지만 지금은 아니다.

문 타이거 아래 모든 플레이어가 평등하다는 것이 밝혀진 이상. 강짜를 부릴 수 없다.

'미치겠군.'

스베너 연합의 위신이 땅에 떨어졌다. 굉장히 큰 타격을 입었다. 결국 블랙샤크는 결정했다. 비밀리에 절대악과 접촉하려 했다.

강재명 비서실장이 그 사실을 알렸다.

"사장님을 뵙고 싶어 합니다."

한주혁은 이렇게 될 것을 이미 알고 있었다. 블랙샤크가 이렇게 아무것도 못하고 순식간에 사망해 버릴 줄은 몰랐지만, 그리고 다크소드까지 드랍하게 될 줄은 몰랐지만. 그래도 이러한 양상으로 흘러갈 것은 이미 짐작했다.

한주혁이 씨익 웃었다.

"저를요?"

하필이면 극비리 방문이라. 나한테 도움을 요청하는 게 창피하긴 창피한가 보네.

그럴 만도 했다. 앞장서서 중국 여론을 선동하여 절대악이 중국으로부터 단물만 쪽쪽 빼먹는 얌체 같은 놈이라고 주장하던 대표적인 인물 아닌가.

절대악을 공격하고 흠집을 내면서 이득을 잔뜩 챙긴 놈이다. 중국 내에서는 영웅의 위치까지 올랐고.

"싫다고 전하세요."

"이유는 뭐라고 할까요?"

대단히 합리적이고 반박할 수 없는 이유가, 그러나 강재명은 생각하지 못했던 이유가 한주혁의 입에서 튀어나왔다.

"그냥요."

"예?"

"못생겨서요."

강재명은 생각했다. 나는 이 말을 어떻게 전해야 할까. 진짜로 그냥 못생겨서라고 전할까.

블랙샤크 그 새끼. 정말 마음에 안 들었는데. 마음 같아선 진짜 그렇게 말하고 싶다.

그렇게 생각할 무렵. 한주혁이 피식 웃었다.

"농담이고요. 이렇게 얘기하세요."

그 말을 들은 강재명은 생각했다.

'아! 역시……! 역시 절대악이시다!'

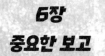

6장
중요한 보고

블랙샤크는 자존심이 많이 상했다. 그러나 지금은 자존심을 따질 상태가 아니었다.

'라망투 궤멸.'

그리고 아마도 그 옆에 있는 주요 영지. 라망투의 형제 영지라 할 수 있는……

'로망토도 곧 궤멸.'

로망토마저 궤멸되면 스베너 연합은 흑흑 연합에게 우세를 차지하기 어려워진다. 어려워지는 정도가 아니라 거의 상대가 불가능하다고 보면 된다. 그래서 사활을 걸고 이 두 영지를 빼앗은 거고.

'지금은 자존심을 챙길 때가 아니다.'

다행인 것은.

'놈은 세간의 시선을 많이 신경 쓰는 타입.'

그게 정말 다행이었다. 영웅에 대한 욕심과 동경이 있는 놈. 세상으로부터 영웅으로 불리기를 원하는 놈.

그 심리를 잘 자극해 주면 자신을 도와줄 거라고 생각했다. 그래서 요청했다. 비밀리에. 세계 평화를 위하여. 친구인 중국의 안위를 위하여.

-이대로 두면 중국 영지는 모두 초토화되고 말 것입니다.

영지가 없어진다는 것은 곧 안전지대가 사라진다는 얘기다. 안전지대가 없어지면, 정말 운 나쁜 경우 부활하자마자 다시 죽을 수도 있다는 거다. 현실세계로 치면 주위에 몬스터들이 바글바글한데 집이 없는 거다.

-중국을 도와주십시오.

그래서 한주혁이 이렇게 대답했다.

-저 너무 바빠요.

한주혁의 입장은 이러했다.

-현재 저는 매우 중요한 퀘스트를 클리어하고 있습니다. 친구인 중국을 돕지 못하여 어려운 마음을 금할 길이 없으나……

로 시작된 한주혁의 서신은 동생인 한세아를 황당하게 만들기에 충분하고도 남았다.

"오빠. 이거 시간제한이 있는 퀘스트였어? 용병왕의 분노?"

"아니?"

"근데 사기 친 거네?"

용병왕의 분노는 아주아주 중요한 퀘스트인데 시간제한까지 걸려 있다고 말했다. 블랙샤크가 알 게 뭔가. 진짜 시간제한이 걸려 있는지 안 걸려 있는지 확인할 길도 없다.

한세아가 킥킥대고 웃었다.

"잘했어, 잘했어. 오빠 잔머리는 킹왕짱이야."

절대악 본인이 매우 중요한 퀘스트를 진행하고 있다. 심지어 이번 '몬스터 웨이브'를 진두지휘했던 용병왕과 관련된 퀘스트. 세상을 떠들썩하게 만들었던 이번 사건의 장본인과 관련된 퀘스트라면 얼마나 중요하겠는가. 적어도 세상이 보기에는 그랬다.

한세아는 감탄했다.

"돕고 싶은데 어쩔 수 없이 돕지 못하는 거로 해놨네?"

"어. 그렇게 됐어."

강재명도 감탄했고 한세아도 감탄했다. 절대악의 위신. 영웅으로서의 행보와도 겹치는 일이다.

용병왕이 살아 있으면 또다시 그런 엄청난 군대를 몰고 들어올 수도 있다.

절대악으로서는 지금 용병왕을 잡는 것이 가장 중요한 상황이다. 카를로스 대평원을 구한 세계적인 영웅으로서, 도의적인 측면에서 중국을 도와주는 게 맞지만 지금 절대악도 발등에 떨어진 불이 급하다.

한주혁은 JTBN을 통해 공식적으로 발표했다.

-중국을 돕지 못함이 아쉽고 분통할 따름입니다. 그러나 지금은 너무나 중요한 일이 있습니다. 스베너 연합의 구조 요청을 거절할 수밖에 없는 상황에 미안함을 금치 못합니다.

적어도 겉으로는 그래 보였다. 그러나 속사정을 아는 이들에게는 다르게 해석됐다. 블랙샤크는 자리를 박차고 일어섰다.

"이 개새끼를……!"

이건 명백한 조롱이었다. 자신은 비밀리에 서신을 보냈다.

강재명 비서실장을 통해 조용하고 은밀하게 도움을 요청했다. 그건 그의 마지막 자존심이었다. 몰래 요청했는데 그걸 온 세상에 까발려 버렸다. 이것은 절대악이 노린 거였다. 블랙샤크를 그다지 도울 생각이 없다는 것을 은연중에 시사하는 것이기도 했다.

"이 야비한 새끼."

블랙샤크는 거친 숨을 몰아쉬었다. 부끄러워 죽을 것 같았다. 세상 사람들은 영웅이 영웅의 일이 너무 바빠 못 돕는 것으로 알고 있으나 실상은 완전히 다르지 않은가.

그런데 또 그렇다고 블랙샤크가 나서서 적극적으로 해명할 수도 없다. 블랙샤크가 정말로 비밀리에 도움을 요청한 것으로밖에는 해석되지 않으니까. 결국 절대악은 실리와 명분을 다 챙기면서 블랙샤크 자신을 곤경에 빠뜨려 버렸다. 말 몇 마디로.

여론이 점점 이상하게 흘러갔다.

-스베너 연합이 절대악보다 훨씬 세다며?

-블랙샤크 지가 절대악보다 훨씬 강하다고 자랑했었는데.

그랬는데 이게 뭐란 말인가.

-심지어 비밀리에 도움을 요청해?

-쪽팔린 줄은 아나 보네.

한국에서는 대놓고 블랙샤크를 조롱했고 중국에서 그를 지지하던 많은 사람들이 등을 돌리기 시작했다. 블랙샤크의 수난은 거기서 끝나지 않았다.

-라망투의 형제 영지, 로망토 궤멸.

-로망토 NPC 전원 사망.

-로망토 기반 시설 파괴.

문 타이거가 세력권을 조금씩 넓혀가면서 라망투는 물론이고 로망토까지 전부 부숴 버렸다. 지금 스베너는 중국 기반 대륙에서, 센터를 두고 흑흑 연합과 치열한 경쟁을 벌이고 있는 중. 그런데 주요 영지 두 개가 날아갔다.

'이대로 두면……'

기껏 장악해 놓은 센터급 영지들이 모두 날아가게 생겼다. 그는 참모진에게 윽박질렀다.

"무슨 수라도 내보란 말이야!"

그러나 참모진이라고 해서 무슨 수가 나올 리가 없다. 애초에 레벨 300대 몬스터다. 지금의 플레이어들로는 어떻게 손 쓸 도리가 없었다.

결국 남은 선택지는 딱 두 개. 절대악에게 도움을 요청하든지 제국에 도움을 요청하든지. 둘 중에 하나인데 이미 절대악에게 도움을 바라기는 어려워졌다.

"모르골 제국에 도움을 요청하는 것이 어떨까 싶습니다."

한주혁은 젤르두아로 향했다. 세상에는 이렇게 발표했다.

젤르두아의 패자. 위험하기 그지없는 용병왕 푸락셀을 잡으러 간다고. 그래서 친구인 중국을 도울 수 없다고. 블랙샤크에게는 미안하다고.

세상이 보기에는 분명히 이건 큰일이었다. 수백, 수천만의 몬스터를 동원한 용병왕의 본거지를 치러가는 거니까. 그러나 정작 당사자인 천세송에게는 그렇지 않았다.

"오빠랑 데이트하는 거예요?"

"어. 아마도?"

용병왕 푸락셀. 말이 용병왕이지 사실 상대할 가치도 별로 없다. 천세송의 표현을 빌리면 '푹찍푹찍 푹억푹억'되는 아주 허접한 NPC다. 최상급 NPC라길래 조금 긴장했었는데 그 긴장이 매우 무의미해졌다.

루펜달이 열심히 뒤를 쫓아왔다.

"형님, 제가 잘 보필하겠습니다."

하늘에서는 꼬꼬가 키에엑! 특유의 소리를 내며 활공했다. 루펜달 뒤에 워프 마스터 이주랑이 아무런 말도 하지 않고 따라 걸었다.

"……."

말은 하지 않았지만 그녀는 한주혁의 뒤를 보면서 생각했다.

'아까운 남자입니다.'

저런 남자를 왜 진작 발견하지 못했을까. 자신도 이만하면 어디 가서 꿀릴 외모는 아니라는 걸 안다. 오히려 '육감적인 몸매' 기준에서 본다면 자신이 천세송보다 더 아름답다는 것도 안다.

'할아버지가 적극적으로 구애해 보라고 할 때 해봤으면…….'

그러면 지금 저 앞. 천세송의 자리는 자신이 되지 않았을까. 이주랑은 슬며시 고개를 저었다.

'쓸데없는 생각하지 말자.'

지금은 저 커플을 응원해 주기로 했다. 둘의 모습은 제3자가 보기에도 사랑스러웠다. 정말 잘 어울리는 커플이었다. 외모만 놓고 보자면 마리안(천세송)이 아깝기는 했으나 하필이면 남자 친구가 절대악이다. 세계의 그 어느 절세미녀를 갖다 놓더라도, 절대악의 위상에 비할 수는 없을 것이다.

'명분과 실리를 동시에 챙기셨어.'

중국을 돕지 않아도 되는 명분. 그리고 젤르두아를 흡수할 수 있는 실리. 그러면서 자연스레, '중국 내 반절대악 연합의 대표주자'라 할 수 있는 스베너의 영향력을 감소시키고 있다.

이주랑은 여전히 아무 말도 없이 따라 걸었다. 걷는 와중에도 감탄했다.

'이 남자의 행동 하나하나가······.'

그 행동 하나에 여론이 움직이고 세계의 흐름이 바뀌었다.

'세계에 영향을 끼쳐.'

실제로 지금 중국 내에서 스베너 연합의 입지는 급속도로 줄어들고 있었으며 반대로 '친절대악 연합'이라 할 수 있는 흑흑 연합이 힘을 얻고 있는 상황이었다.

이주랑이 입을 열었다.

"여기서부터 워프할 수 있습니다. 워프를 통해 젤르두아로 이동하면 될 것 같습니다. 팬더와 상의하여 워프 포인트를 이미 지정해 놨습니다."

푸락셀은 부활했다.

"제기랄."

당연히 이길 거라고 생각했는데. 플레이어가 세 봤자 플레이어라고 생각했는데.

"도대체 뭐가 어떻게 된 거지?"

아무리 생각해도 모르겠다. 검은 폭풍이 몰려오는가 싶더니, 정신을 차려보니 죽어 있었다.

"무슨 수를 쓴 거지?"

플레이어 본신의 힘이 그 정도일 리는 없다.

"혹시 제국과 끈이 있나?"

그 대단하다는 2급 혹은 1급 마법병기쯤 되면 그럴 수도 있을 것 같은데, 플레이어의 힘으로는 절대로 불가능하다.

"최소 2급. 어쩌면 1급 마법병기를 가지고 있을지도 모를 일입니다. 수성에 특화된 것 같습니다."

절대악은 스킬로 교묘하게 포장하고 있지만 그렇지 않은 것 같다. 스킬로는 절대 그럴 수 없다. 그게 최상급 NPC 푸락셀이 가진 상식이었다.

"그렇지? 그게 스킬일 리는 없지?"

NPC도 확신했다.

"그게 진짜 스킬이라면 소신이 팔을 자르겠습니다."

수성전에 특화된 마법병기. 그게 있었던 것이 틀림없다. 푸락셀은 고민에 빠져들었다. 놈을 죽여야 성이 풀리겠는데. 도

저히 방법이 떠오르지 않는다. 눈앞에 거대한 산이 있는 것 같은 그런 기분이다.

그런데 급한 소식이 들어왔다.

"절대악이 이동 중이라 합니다!"

그 이동경로를 유추해 보니.

"멜트라인이 최종 목적지인 것 같습니다."

멜트라인. 푸락셀이 점령하고 있는 젤르두아 최대의 영지다.

"뭐라?"

감히 플레이어 따위가 성지인 젤르두아. 그것도 심장이라 할 수 있는 멜트라인을 향해 쳐들어온다고!

"군사의 숫자는?"

"펫 둘, 네크로맨서 하나, 워프와 관련된 플레이어 하나, 절대악 하나. 총 다섯입니다."

"다섯?"

이 몸, 푸락셀을 무시해도 유분수지. 감히 다섯으로 이곳을 쳐들어와? 똥개도 제 앞마당에서는 한 수 먹고 들어간다고 했다.

"놈이 마법병기를 소지하고 있나?"

"인벤토리를 활용하고 있어 확인하기 어렵습니다."

최소 2급 이상의 마법병기를 가지고 있을 거다.

"그러나 저 인원으로 마법병기를 계속해서 운용하기는 어려울 것입니다."

절대악의 작전이 그려졌다.

"마법병기를 활용해서 시간을 두고 하나하나 영지를 빼앗을 작정이군."

혼자서 위대한 젤르두아의 성들을 깨부순다? 있을 수 없는 일이다. 그건 용병왕인 자신도 불가능한 일이다. 심지어 이곳, 멜트라인으로 향하는 길목에 있는 요새들은 함락하기가 여간 까다로운 것이 아니다.

"예. 시간을 두고 천천히 이쪽을 잠식하려 들 것입니다. 마법병기가 있으니까요."

단시간에 쳐들어오는 것은 어렵다. 마법병기를 충전도 해야 할 것이고, 저 인원으로 마법병기를 계속해서 운용하기는 어려울 테니까.

"운칼 영지가 함락되었습니다! 단 일격에 성이 무너졌습니다. 용병왕께서 목격하셨던 그 검은 구름과 번개가 내리쳤습니다."

예상대로다. 역시 마법병기를 가져온 것이 틀림없다.

"절대악이 운칼 영지에서 힘을 회복하고 있습니다."

이것도 예상대로다. 푸락셀이 지도의 한 곳을 짚었다.

"우리는 이곳."

멜트라인 바로 직전 영지. 운칼에서 멜트라인을 향해 움직일 때 반드시 지나칠 수밖에 없으면서, 외부에서 공격하기 쉬운 곳.

"듀란 영지에서 놈을 공략한다."

감히 젤르두아의 패자에게, 젤르두아에서 공격을 하다니. 이건 있을 수 없는 일이다. 제국이라 할지라도 이렇게 막무가내로 오지는 않았을 거다.

"또한 듀란 영지의 모든 우물에 독을 푼다."

뿐만 아니라 각종 함정을 준비해놓기로 했다. 그래야 마법 병기를 사용한 뒤 지친 절대악을 사냥하기 좋을 테니까.

'네 자만심이 너를 죽일 것이다.'

모든 것이 예상대로 흘러가는 것 같았다.

한편, 점령한 운칼 영지에서 잠시 휴식 아닌 휴식을 취하게 된 천세송이 말했다.

"우리 언제까지 여기 있어요?"

"음. 한 2, 3일 정도면 될 거 같은데?"

"왜 여기 있는 거예요?"

그냥 보이는 족족 다 때려 부숴도 되는데. 스킬 한 방이면 성이고 뭐고 폭억폭억 아닌가.

"중국 상황을 좀 더 지켜보려고."

천세송은 복잡한 국제관계나 여론의 흐름 같은 것은 보지 못했다. 그렇지만 일단 한주혁이 키워드를 던져 주자 바로 무슨 뜻인지 깨달았다.

"아……!"

이후의 상황이 어떻게 흘러갈지도 머릿속에 그려졌다. 오빠가 노리고 있는 것이 무엇인지. 하도 한주혁 옆에 오래 있다 보니 이제는 대충 알겠다.

"그럼 우리 좀 더 마음 놓고 데이트를 즐겨도 되겠네요?"

젤르두아에는 플레이어가 별로 없다. 남들의 이목을 신경 쓸 필요가 별로 없다는 얘기다.

"오빠랑 이것저것 해보고 싶은 거 되게 많은데."

준비하고 준비했던 말을 던졌다. 오늘을 기다리고 기다렸다.

"저도 이제 성인인데."

루펜달은 알아서 자리를 피했다. 이놈! 펫 1호는 바로 나닷! 이라고 의미 없는 말을 외치면서 말이다. 이주랑도 주변 시찰을 이유로 알아서 빠져줬다.

천세송이 한 걸음 앞으로 다가서서 한주혁의 몸에 밀착했다. 고개를 들어 올렸다. 눈과 눈이 마주쳤다. 한주혁은 순간 심장이 쿵! 내려앉는 것 같은 느낌이 들었다. 오늘따라 애 입술이 왜 이렇게 예쁜지. 저 눈이 왜 이렇게 귀여운 건지.

누가 시킨 것도 아닌데 천세송이 발뒤꿈치를 살짝 들었다. 한주혁도 몸을 살짝 낮추었다. 서로의 입술이 맞닿기에, 서로 편해지도록 그렇게 몸을 움직였다. 한주혁이 천세송의 허리를 살짝 감싸 안았다. 입술과 입술이 조금씩 가까워졌다.

그런데 그때 보고가 올라왔다. 제9장로 팬더로부터.

"주군, 중요한 보고가……!"

팬더는 순간 이상함을 느꼈다.

"중요한 보고가……."

아니. 근데.

"그, 그게……."

이게 정말 중요한 걸까? 이게 정말로 아주아주 중요한 보고였을까? 정말로? 진짜로?

팬더는 순간 저도 모르게 깊은 고찰과 사색에 빠져들고 말았다.

'이것이 정말 중요했던 것인가.'

모르겠다. 알 수 없었다. 하긴 해야 할 거 같은데. 하필이면 주모님과 눈이 마주쳐 버렸다.

'이 순간.'

주위를 둘러보니 이주랑도 없었고 루펜달도 없었다. 루펜달은 밖에 나가서 정말 의미 없이 '내가 펫 1호다! 내가 펫 1호야!'라고 미친놈처럼 외치면서 돌아다니고 있었는데…….

'그게 정말 아무런 의미도 없었던 걸까?'

왜 나는 알아차리지 못했던 걸까.

'무엇이 중하단 말인가!'

그렇다. 지금 주군께서는 이곳에 데이트를 하러 오셨다. 주군의 세상에는 어떻게 알려졌는지 잘 모르지만, 어쨌든 세상 사람들이 아는 것과는 다르게 주군께서는 이목을 피해 데이트를 하러 오신 것이다. 아름다운 주모님과 함께.

깊은 성찰과 고찰 끝에 그는 결론을 내릴 수 있었다.

'나는 지금……!'

중요하지 않은 것을 중요하다고 보고하는 크나큰 실수를 하고 말았다.

'큰 실수다.'

주모님은 언제나 아름다우시고 평온하시다.

부하인 그가 보기에도 늘 사랑스러우시며 간혹 귀여운 모습까지 보이신다. 보고 있노라면 아빠미소가 지어지는, 그런 따뜻한 모습을 가지신 주모님이시다. 그런데 방금은 달랐다. 주모님의 눈빛이 그렇게도 살벌할 수 있다는 사실을 처음 알았다. 무서웠다.

'줄을 잘 서야 한다……!'

실세는 주모님이시다. 주군께 잘 보이려면 주모님께 잘 보여야 한다. 팬더는 그것을 잘 알고 있다.

"사, 사실……."

생각해 보니 전혀 중요하지 않은 거 같다.

"별로 안 중요한 거 같습니다. 나중에 다시 보고 드리겠습니다."

……라고 말했으나 이미 때는 늦었다. 천세송이 방긋방긋 웃으면서 말했다.

"아니에요. 중요한 보고라면 들어봐야죠. 그게 무엇일까요?"

그게 무엇인데 하필이면 이 타이밍에 나타나서 보고를 올리려고 했을까요. 자. 어디 한번. 들어보죠.

팬더는 식은땀을 흘렸다. 이거 뭔가 좀. 잘못된 거 같다. 그래도 주모님이 말씀하시는데 토를 달 수는 없다. 그래서 보고를 올렸다.

한주혁이 고개를 끄덕였다.

"그렇단 말이지."

지금 한주혁이 점령한 영지의 이름은 '운칼' 영지다. 푸락셀의 영지는 '멜트라인'이다. 멜트라인과 운칼 사이에 지나쳐야만 하는 필수적인 영지들이 있다. 그중에서도 '듀란 영지'에서 저들은 이쪽을 공격할 것이 확실했다.

우물에 독까지 풀었단다.

"……식수를 따로 준비하셔야 할 것 같습니다."

팬더는 보고를 올리는 그 순간에도 이 보고가 정말로 중요한 보고인지에 대하여 다시 한번 사색해야만 했다.

'주군은……. 그냥 드셔도 될 거 같은데.'

독 먹어봤자 주군께 무슨 피해가 있겠는가. 그냥 독이구나. 독이 좀 있구나. 이러면 그만 아닌가. 팬더 자신은 정말 중한 것이 무엇인지 깨닫지 못했었다. 과거의 자신을 반성했다.

"다만 놈들도 예상하고 있을 것입니다. 이쪽이 알아차렸다는 사실을."

저쪽도 바보는 아니다. 저쪽이 듀란 영지에서 총력전을 펼칠 거라는 사실과 그리고 이쪽이 그 사실을 알아차렸다는 사실. 그걸 이미 간파하고 있을 거다.

"그럼에도 불구하고 공격은 감행할 것입니다."

서로가 언제 어디서 부딪칠지 알고 있는 상황이라는 말이 된다.

"왜냐하면…… 상황을 종합해 보건대……."

한주혁이 씨익 웃었다.

"내게 충전이 필요한 상급 마법병기가 있을 거라고 확신하고 있기 때문이지."

"……맞습니다."

팬더는 또다시 자아성찰에 빠져들어야 했다.

'역시 주군께서는 모든 상황을 읽고 계신다.'

그러면 보고는 나중에 올렸어도 될 거 같다. 애초에 젤르두아에는 데이트를 하러 오신 거 아닌가.

제1은 데이트요, 제2는 정벌이다. 그런데 그 우선순위를 망각하고 정벌에 대한 보고를 먼저 올리려 하지 않았던가. 제1 요소를 간과한 채 말이다. 반성하고 또 반성했다.

"그래서 영지마다 휴식이 필요할 것으로 내다보았고 듀란 영지쯤 되면 내 체력이 많이 떨어져 있을 것이라 판단할 거다. 더군다나 이쪽에서는 식수를 미리 챙겨야 한다는 부담도 있을 거고."

짐꾼이 따로 없으니 물을 따로 챙겨야 한다. 멀리서부터 오는데, 식수를 챙겨서 움직여야 한다는 건, 상식적인 선에서는 부담이 되는 일이다. 물론 어디까지나 상식선에서 그렇다는 얘기다.

"그러나 주군께는 그 어떠한 위협도 되지 않습니다."

천세송은 말하고 싶었다.

'그걸 아는 사람이. 아니, 그걸 아는 장로가. 하필이면 지금 이 타이밍에 들어와서 내 첫 키스를 망쳐요?'

……라고 따지고 싶었지만 차마 그러지는 않았다.

첫 키스를 망친 것은 괘씸하지만 팬더가 식은땀을 뻘뻘 흘리고 있는 모습이 안쓰럽기도 했다. 그래서 저 팬더의 괘씸함을 주혁에 대한 사랑으로 승화시키기로 했다.

"역시 오빠는 짱짱맨이에요."

저놈들이 무슨 수를 쓰고 어떤 준비를 하더라도 그래 봤자 상대가 되지 않는다는 얘기 아닌가.

"우리가 데이트를 했더니 상급 마법병기가 막 생기고 그러네요?"

저쪽은 그렇게 생각하고 있다. 이쪽에 상급 마법병기가 있을 거라고. 남들의 이목이 없는 곳에서 데이트 좀 했더니 그렇게 됐다.

천세송이 헤헤- 웃었다. 사실 상급 마법병기가 있든, 우물에 독을 풀든, 듀란에서 총력전을 펼치든. 그런 거 따윈 아무런 상관도 없고 전혀 중요하지 않다.

어차피 푹찍푹찍 푹억푹억 아닌가. 요즘에는 오빠가 더 세져서 앞의 푹찍푹찍을 생략해도 될 것 같다. 굳이 '찍'까지 가지도 않고, 그냥 숨만 쉬어도 푹억푹억 하는 느낌이랄까.

마리안이 도발했다.

"밤은 기니까요."

팬더는 알아차렸다. 내 보고는 끝났다. 전투와 관련된 보고는 전혀 중요하지 않다. 어서 자리를 피하자.

제9장로 팬더는 바로 자리를 피했다.

중국 기반 대륙에 자리 잡은 제왕 문 타이거는 라망투, 로망토에 이어 7개의 영지를 궤멸시켰다.

대륙의 전체 규모로 봤을 때 7개의 영지는 별거 아닌 것처럼 보일 수도 있으나 그렇게 아무렇지도 않은 규모라고 보기에도 어려웠다.

흑흑 연합의 로랑이 인상을 찡그렸다.

"센터라고 할 수 있는 영지들이……."

전쟁이 일어났을 때 수도가 먼저 박살 나는 것과, 저기 지방어디 이름 모를 곳이 박살 나는 것은 의미가 많이 다르다.

"7개나 궤멸되었군."

중국 기반 대륙 중에서도 매우 중요한 영지들. 영지와 영지 사이를 이어주는 워프 포탈이 존재하며 자원과 물자가 풍부한, 그리고 많은 연합의 본거지가 있는 '센터'라 할 수 있는 영지들이 무너졌다.

"저희 측 영지도 하나 무너졌습니다."

흑흑 연합의 영지조차도 버티지 못하고 무너졌다. 그게 바로 레벨 300대 몬스터의 위엄이었다.

"어차피 예상했던 바다."

문 타이거는 못 막는다. 그건 예상했다.

"스베너 연합은?"

"모르골 제국과 자리를 만들려고 노력하는 거 같습니다."

그럴 것 같았다. 지금 중국 내에서 스베너 연합의 입지는 점점 줄어들고 있는 상황이다. '반절대악 세력'의 대표 주자라 할 수 있는 스베너. '반절대악'으로 인기를 얻었는데, 이번에는 '반절대악'으로 인기를 잃었다.

"모르골 제국이라……."

모르골 제국도 지금 바쁘다.

플레이어들과 반쯤 적대적인 세력으로 자리 잡아가고는 있으나, 그래도 아직 내부적으로 정리할 것이 많아 보인다.

한국과 마찬가지로 '대공'이라는 NPC가 실권을 잡아가고 있고 이 '대공'의 의지에 따라 제국이 플레이어들을 돕느냐, 돕지 않느냐가 판가름이 날 것이다.

흑흑 연합의 플레이어 한 명이 물었다.

"……어떻게 보십니까?"

"지금 세계는 아시아를 중심으로 하나의 큰 물결이 만들어지고 있다."

그중에서도 특히 한국과 중국. 지금은 그렇다.

"한국과 중국이 매우 비슷한 양상으로 흘러가고 있어."

한국 측에도 대공이라는 NPC가 존재한다. 그리고 그 대공은 기존의 기득권 세력인 '대연합'들과 '성좌'들을 지원하고 있다.

에르페스 제국 내 정리 때문에 아주 적극적으로 움직이지는 못하고 있지만 어쨌든 돕고 있다. 비슷한 흐름으로 흘러갈 확률이 높다.

"그렇다면 모르골 제국 역시 스베너 연합을 도울 수 있겠지."

중국의 모르골을 한국의 에르페스에 비유한다면, 중국의 스베너를 한국의 대연합이라 비유할 수 있을 거 같다.

'결국…… 제국이 한 세력을 도와줄 거고. 그 한 세력과 또 다른 세력이 부딪치는 구도로 흘러갈 거야.'

중국의 경우. 제국이 돕는 그 '한 세력'이 스베너 연합 아니겠는가. 세계. 그중에서도 지금 한국과 중국의 경우는 커다란 변화의 기점에 서 있는 것이라는 생각이 들었다.

'하필이면 이 시기에. 교묘하게 절대악이 나타난 것도 그렇고.'

제우스가 어떤 큰 그림을 그리고 있는지. 그건 더 지켜봐야 알 것 같다.

"중국 내 여론은?"

"스베너 연합에 매우 불리하게 흘러가고 있습니다."

'반절대악' 세력이 힘을 잃고 '친절대악' 세력이 힘을 얻고 있는 상황이다.

"연합장님의 혜안과 선견지명에 다들 놀라고 있는 눈치입니다."

사실 혜안과 선견지명이라고 보기는 어렵다. 이미 전 세계의 랭커들과 전 세계의 주요 연합들이 절대악과 친해지기 위해, 혹은 친분을 쌓기 위해 미친 듯이 노력하고 있는 상황 아닌가.

"내가 똑똑한 게 아니라, 블랙샤크가 멍청한 거겠지."

그 와중에 블랙샤크라는, 영웅 심리를 가진 젊은 놈 하나가 튀어나와서 중국인들의 선민사상을 자극하여 영웅의 위치까지 올랐다.

중국 내에서는 아직도 그를 지지하고 응원하는 사람이 많다. 한국 출신 절대악 따위. 중국 출신 블랙샤크에 비하면 아직 멀었다. 이런 식으로 생각하는 사람도 굉장히 많다. 그렇게 생각하는 건지, 그렇게 생각하고 싶은 건지.

다만 로랑은 조금 달랐다.

'사실관계를 정확하게 볼 수 있어야 돼.'

지금에 있어서 중국이고 한국이고. 그런 건 중요하지 않다. 문 타이거를 죽일 수 있는 유일한 플레이어가 바로 절대악이다. 아마 그럴 것이다.

보고가 올라왔다.

"모르골 제국이 스베너 연합을 지원한다고 합니다."

"어떤 식의 지원이지?"

세대교체가 이루어진 지 얼마 되지 않아 적극적인 지원은 힘들 터. 아마 에르페스 제국과 비슷할 것 같다.

"2급 마법병기에 상급 나이트를 지원한다고 합니다. 레벨 300대 몬스터를 잡으려면 이 정도는 있어야 한다고 했다고 합니다."

스베너 연합은 이 사실을 대대적으로 홍보했다. 다만 흑흑 연합은 상황을 조금 다른 측면에서 살펴봤다.

"혹시…… 중국 전역에서 동시다발적인 실종이 이루어지지 않았는지 철저하게 조사해 보도록."

한국에서도 비슷한 일이 일어났었다.

중국에서도 일어나지 않으리란 법이 없다. 그러나 중국의 땅덩이가 워낙에 넓고 인구가 지나치게 많아 세세하게 찾아내고 조사하기란 쉽지 않았다.

그리고 몇 시간 뒤. 속보가 터져 나왔다.

2급 마법병기와 상급 나이트를 필두로 하여 진행한 문 타이거 레이드가 실패로 끝이 났단다. 2급 마법병기가 파괴되었고 상급 나이트는 사망했으며 블랙샤크 역시 또다시 사망했단다.

요약하자면 처참하게 무너졌다. 스베너는 또다시 중국 내에서 조롱거리가 됐다. 스베너를 지지하고 응원하던 많은 사람들도 떨어져 나갔다. 예전에 블랙샤크가 '절대악보다 내가 훨씬 강력한 플레이어가 될 것'이라고 자신만만하게 외치던 영상이 이런저런 패러디로 제작되어 전 세계에 뿌려질 정도였다.

그 소식을, 젤르두아에 있던 절대악도 전해 들었다. 한주혁이 씨익 웃었다.

"오빠, 왜 그래요? 좋은 일 있어요?"

밤은 길다. 어서 밤이 오면 좋겠다. 물론 밤이 온다고 해서 오빠가 뭘 어떻게 할 거라고는 생각하지 않지만. 좀 어떻게 해주면 좋긴 할 거 같다. 이걸 말로는 표현할 수 없지만 마리안은 은근히 기대했다.

"응."

"무슨 일이요?"

"내가 전에 말한 거 있잖아."

지금의 이 상황. 시르티안과 함께 얘기하며 이 시나리오를 이미 그렸다. 젤르두아에서 이렇게 중요한 퀘스트(?)를 진행하고 있는 것도 다 이런 이유다.

천세송도 눈을 크게 떴다.

"아!"

오빠가 무엇을 말하는 건지 알겠다.

"혹시……"

7장
뭐 이런 놈이 다 있냐

한주혁은 이미 이러한 시나리오를 그렸었다. 중국에서 문타이거가 활보하고 있고 중국 측 제국인 모르골 제국이 적극적으로 나서기 어려운 때에 상황이 이렇게 흘러갈 것은 어렵지 않게 짐작할 수 있었다.

"저희 중국이…… 커다란 오판을 했습니다."

한주혁을 찾아온 사람은 다름 아닌 흑흑 연합의 로랑. 명실공히 중국 내 1위 연합에서 스베너에게 바짝 추격당하고 있던 상황에서, 지금이 오히려 다시금 도약하는 기회가 될 수 있을 거라고 내다봤다.

"중국이 오판한 건 아니죠."

정확하게 말하자면 스베너 연합의 블랙샤크가 그랬다. 대중을 선동했다. 절대악은 중국으로부터 이득만 취해가는 얌체 같은 놈이라고.

한주혁이 말했다.

"저한테 기생하는 기생충 같은 놈들…… 이라는 평가도 받으셨더군요."

"예. 스베너 연합이 그렇게 여론을 조장했습니다."

'중국인이 한국인보다 못할 것이 뭐냐'라는 근본 마인드를 건드려, 중국 내에서 압도적인 지지를 받았던 스베너 연합이다.

"여전히 스베너를 지지하는 사람이 많다는 것 역시 부끄러운 일입니다."

문 타이거가 주요 영지 7개를 궤멸시키고 중국 국가적 차원에서 진행하려던, 아이템 전송소와 관련된 사업 여러 개가 망했는데도 아직까지 그렇다.

"애국심이 많다면 충분히 그럴 수 있죠."

로랑은 다르게 들었다. 말로는 '충분히 그럴 수 있죠'라고 하고 있지만 로랑이 듣기에는 '기분이 영 별로네요'라고 들렸다. 절대악이 진짜 그렇게 생각하든, 하지 않든 그건 중요한 게 아니었다.

"저희는 절대악의 도움을 정중하게 요청하려고 합니다."

"지금 이 시점에 도움을 요청한 건 중국 내부에서도 약간의 피해가 있기를 바랐던 거겠죠."

"……맞습니다."

중국 내에서는 스베너를 지지하는 세력이 상당히 많다. 말하자면 '친절대악파'와 '반절대악파'로 나뉘어 있는데 일반 국민들은 '반절대악파'가 많고 랭커들은 '친절대악파'가 많다.

로랑은 절대악을 쳐다봤다.

'모든 상황을 정확하게 읽고 있군.'

뿐만 아니라 상황을 조율하고 있다는 생각도 든다. 여기까지 어렵게 찾아와서 봤더니 절대악이 딱히 하는 것이 별로 없다. 엄청나게 중요한 인생 퀘스트라고 하기는 했는데 그다지 그런 거 같지도 않다.

굳이 따지자면 데이트 비슷한 무언가를 하는 것 같은 느낌이다.

'아니. 그래도 설마…… 아니겠지.'

설마. 그래도 진짜 데이트는 아니겠지. 그래도 절대악인데. 그건 아닐 거다. 어쨌든 절대악에게 여력이 있다는 것은 분명해 보였다.

"절대악의 도움을 얻어 문 타이거를 격퇴한다면…… 친절대악 세력들이 다시금 힘을 얻고 지지받을 수 있을 것입니다."

"글쎄요."

한주혁이 말을 잘랐다.

'글쎄. 과연 정말로 그럴까? 그 중국인들이?'

"문 타이거를 잡아서 아이템이 드랍됐다 쳐요."

"……"

로랑은 아무런 말도 하지 못했다. 그 다음. 이어질 말이 무엇인지 알기에.

"근데 이게 중국 땅에서 잡힌 몬스터라서 중국에 소유권이 있다고 주장하면 어떻게 해야 돼요?"

"그럴 리 없습니다. 그것은 당연히 절대악의 소유입니다."

"물론 랭커들은 그렇게 말을 하겠죠."

그런데 스베너 연합의 블랙샤크는? 또 수많은 대중은?

"약소국가인 한국에서 태어난 한국인이 위대한 나라 중국에서 이득만을 취해가는 꼴을 보지 못할 텐데요."

"……."

로랑은 눈앞이 아득해지는 기분이 들었다.

'아니. 우리를 도와주기는 도와줄 거야.'

절대악이 지금의 상황을 정확하게 읽고 있다면, 지금 절대악의 반응은 지극히 정상적인 반응이다. 지금 둘은 서로가 어떤 말을 할지 이미 알고 있는 상태에서 말을 하고 있는 거다. 한주혁도 그 사실을 알고 있다.

"제 말의 대상이 조금 엇나가긴 했네요."

스베너 연합의 블랙샤크한테 해야 할 말이다. 그런데 이런 말들을 굳이 흑흑 연합의 로랑에게 했다.

"상당히 불쾌하셨으리라 짐작됩니다. 아이템 전송소로 인하여 중국 측에도 막대한 유무형적 이득이 생겼었습니다. 헬 하운드 목장의 부지를 내어준 것 이상으로 말입니다."

"상당히가 아니라 굉장히 불쾌했어요."

중국의 여론도 매우 기분이 나빴다.

"그리고 저는 문 타이거 안 잡아도 잘 먹고 잘살 수 있거든요."

물론 잡고는 싶다. 레벨 300대 몬스터다. 무엇을 드랍할지 모른다. 행운 수치가 턱없이 낮지만 꼬꼬의 식탐이 있지 않은가. 아주 좋은 것을 떨어뜨릴 확률이 높다. 반드시 잡긴 잡을 거다. 그런데 지금은 아니다.

한주혁이 물었다.

"앞으로 몇 번 더 찾아오시겠죠?"

"……예."

둘은 서로 말을 하지 않았지만 서로의 의중을 정확하게 짚었다.

"중국 내에서 큰 피해가 발생하고 있다 들었어요."

"그렇습니다. 이대로 그냥 두면 일반 시민들도 체감할 수 있을 겁니다."

주요 영지가 차례차례 무너져 내리고 있다. 모르골 제국에 도움을 요청했지만 그 도움이 언제 내려올지도 모르는 불투명한 상황. 이러한 상황에서 일반 시민들은 점점 더 다른 영지로 내몰리게 된다.

"주요 영지는 곧 레벨업과 사냥에 매우 유리한 곳이라는 얘기니까요."

다른 말로 하자면, 점점 더 조건이 나쁜 곳으로 쫓겨 나간다는 얘기다. 그렇게 되면 일반 시민들도 체감하게 된다.

"보시다시피 제가 지금 많이 바빠서요."

"……그래 보입니다."

로랑이 본 마지막 모습은 앱솔루트 네크로맨서와 절대악이 팔짱을 끼고 영지 안을 걸어 다니는 모습이었지만. 담소를 나누며 행복하게 웃고 있는 모습이었지만. 그래도 일단 바빠 보인다고 얘기하기로 했다.

절대악이 바쁘다 하면 안 바쁜 것도 바쁜 것 아니겠는가.

"제가 몇 번이고 사죄를 하러 다시 찾아오겠습니다."

그러니까 '친절대악파'의 대표주자인 흑흑 연합의 로랑이, 굉장히 중요한 퀘스트를 진행하고 있는 절대악을 몇 번이나 찾고 간곡하게 설득한다는 설정이다. 설정이자 실제이기도 했고.

"그러면 제가 기분이 좀 좋아질 수 있겠죠."

그러는 사이 중국 내 피해는 점점 더 커질 거다. 중국의 피해가 커지면 커질수록 스베너의 입지는 약화될 거고, 절대악의 도움을 요청하는 목소리가 더 커질 것이 틀림없었다.

그러한 상황에서 결국 흑흑 연합이 절대악의 마음을 돌리는 데에 성공하면, 흑흑 연합의 입지가 지금보다 훨씬 더 좋아지게 될 거다. 문 타이거 사냥에 성공만 한다면 더더욱 좋아질 테고.

"그런데 공짜로는 안 돼요."

이미 뒤통수를 한 번 맞았다. 서로가 윈윈인 거래를 했는데 사기꾼이 됐다. 그거 기분 참 별로다.

"스베너가 여론을 조장한 건 사실이지만……."

대중들도 그에 휩쓸렸다. 책임이 없지는 않다. 그런데 무엇보다도.

"그러한 것들을 대중들이 인정했고. 그리고 중국 정부에서 묵인했다는 얘기잖아요."

중국 정부에서 나섰다면 일이 이렇게까지 번지지는 않았을 거고 스베너 연합이 이렇게 크지도 못했다.

"스베너 연합이 라망투 영지를 빼앗을 수 있었던 것도 정부의 도움이 있지 않았을까. 그런 생각이 들어요."

정말로 그렇다면.

"중국 고위인사들은 반절대악파가 많다는 얘기겠죠."

"……."

로랑은 할 말을 잃었다. 절대악이 너무나 정확하게 파악을 하고 있는 상황. 다른 말을 할 수 없었다.

"죄송합니다."

"로랑 님이 죄송할 일은 아닌 것 같네요."

"그래도 죄송합니다."

스베너 연합의 블랙샤크는 절대악의 능력이 '과대평가'되었다고 주장했다. 절대악은 그래 봤자 한국인. 대륙인 중국인에게는 따라올 수 없다고 주장했다. 그러나 로랑은 완전히 반대로 생각했다.

'절대악의 능력은…….'

지나치게 과대평가 되어 있는 것이 아니라.

'지나치게 과소평가 되어 있어.'

그는 확신했다. 문 타이거가 절대악 때문에 도망친 게 맞다는 것을.

무적 타이밍이 풀리자마자 장거리 워프로 튀었다. 많은 중국인들이 인정하고 있지 않지만 로랑은 이미 알고 있다.

'발록도 그렇게 도망쳤었지.'

문 타이거가 '절대악 때문에 도망쳤다'라는 객관적 증거가 없기는 하다. 절대악 스스로도 그렇게 얘기한 적이 없다.

"정말 죄송합니다."

한주혁이 고개를 끄덕였다.

"로랑 님에게 개인적인 감정은 없습니다."

이 정도면 기분이 매우 나쁘다는 것은 충분히 전해졌을 거다. 큰 그림은 거의 그려진 것 같다.

"보시다시피 제가 많이 바빠서."

"……예."

로랑도 기다리고 있다. 아이러니하게도 중국 내 피해가 점점 더 커졌으면 좋겠다. 일반인들도 체감이 될 정도로.

"다시 찾아뵙겠습니다."

한주혁이 한 가지 조건을 덧붙였다.

"더 좋은 조건으로요."

아시다시피 제가 자선사업가는 아니라서요.

로랑은 고개를 끄덕였다. 자신이 저 입장이었어도 그렇게 했다.

다만 속으로는 이를 갈았다. 절대악이 아니라 블랙샤크를 향해.

'블랙샤크, 이 어린 개새끼 때문에……'

정말 좋은 관계를 유지하고 있었다면, 중국 내 여론을 이렇게 뒤집어 놓지 않았다면, 훨씬 싼값에 절대악의 도움을 요청할 수 있었을 거다. 그런데 그게 틀어져 버렸다.

절대악의 기분이 매우 나빠진 상태.

그렇다면 절대악의 기분을 풀어줄 수 있을 만한, 최소한의 성의라도 보여야 하는 것 아니겠는가. 그래야 절대악도 움직일 명분이 서지 않겠는가.

로랑이 나가고 나서 천세송이 물었다. 천세송은 이야기가 진행되는 내내 잠자코 듣고 있었는데, 대화의 내용 자체에 집중하고 있었다.

"오빠. 궁금한 게 있는데요."

"뭔데?"

일단 손부터 잡아야지. 천세송은 이 손 너무 잡고 싶었다. 다만 다른 사람 앞에서 너무 티 내는 거 같아서 겨우겨우 참고 있었다.

'아, 좋다.'

손잡으니까 참 좋다. 오빠의 체온이 느껴지는 거. 이 기분.
최고다.

"만약에 로랑 님이 계속 안 찾아오면 문 타이거 안 잡을 거
예요?"

"아니."

당연히 잡아야 한다. 그런 상위급 보스 몬스터. 어디 가서
또 찾는단 말인가. 미개척지를 개척해야만 겨우 만날 수 있는
놈인데. 아주 훌륭한 보상을 줄 것이 틀림없는 놈이다. 당연히
잡을 거다.

천세송이 고개를 끄덕였다. 이제 납득이 됐다.

'아하……!'

그러니까 어차피 잡기는 잡을 건데.

"지금 오빠 아니면 잡을 수 있는 사람이 없는 거네요?"

그래서 이렇게 상황이 흘러가도록 여유롭게 내버려 두는 거
네요. 우리 이렇게 남들 눈 없는 곳에서 평화롭게 데이트도 하
면서 말이에요.

그 말을 하려고 했는데 한주혁이 먼저 말했다.

"우리 너무 바쁘잖아. 그래서 못 가. 중국."

"그럼 그사이 중국 엄청 얻어맞겠네요. 벌써 영지 엄청 많이
무너졌던데."

"응. 안타깝게도 내가 너무 바쁘거든."

그렇게 한주혁이 바쁜 사이, 중국 내 영지 12개가 더 궤멸됐다. 문 타이거는 강력했다. 그 강력함을 바탕으로 짐승형 몬스터들까지 불러 모으기 시작했다.

문 타이거는 과연 짐승형 몬스터의 제왕다웠다. 미개척지에서 튀어나온, 존재하지 않았던 몬스터. 번화한 영지들이 황폐화됨과 동시에 그 넓은 땅이 짐승형 몬스터들의 땅으로 점차 변해갔다.

강재명이 보고를 올렸다.

"수백 개의 일자리가 하루아침에 사라지고 있다고 합니다."

중국 측에서 쉬쉬하고는 있지만 하루가 지날 때마다 도산하는 연합이 적게는 수십, 많게는 수백 개가 넘는단다.

주요 영지들에 자리를 틀고 있던 연합들 중, 자금 상황이 탄탄하지 못한 연합들은 순식간에 무너졌다. 연합장이 야반도주하기도 하고 파산 신청을 하는 경우도 많았다.

"중국 내에서 원성이 조금씩 높아지고 있는 추세입니다."

아직은 아니다. 상황이 점점 악화되고 있음에도, 여전히 절대악의 도움 따위는 없어도 된다라는 여론이 팽배하다.

흑흑 연합의 로랑도 그 사실을 잘 알고 있기에 시간을 두고 자신을 찾아오고 있는 것이고.

"아시다시피 저는 많이 바빠서요. 오프라인을 통해 들어오는 연락들은 알아서 잘 컷 해주세요."

"물론입니다."

사실 방금도 전화 3통이 왔다는 사실을, 알리지 않기로 했다. 강재명도 속으로 조용히 읊조렸다.

'헐렐루야. 형멘.'

그 자존심 강하다는 중국이. 중국 내 고위 간부들이 절대 악 한 번만 만나게 해달라고 통사정을 하고 있다.

강재명은 묘하게 기분이 좋았다. 네티즌들이 말하는 국뽕이 이런 건가 싶다.

한주혁이 다시금 올림푸스에 접속했다. 드디어 듀란에 도착했다. 아마도 푸락셀이 총력전을 펼치리라 짐작되는 이곳 듀란을 접수하는 것은 그리 어렵지 않았다.

"재미있겠어."

푸락셀이 어떤 방법을 사용해서 이쪽을 공략하려 들지. 한번 지켜보기로 했다.

한주혁은 이렇게 생각했다.

'과연 어떤 식으로?'

그에 반해 루펜달은 이렇게 생각했다.

'과연 어떻게 재롱을 부릴까?'

한주혁은 푸락셀이 어떤 식으로 이곳을 공략하려들지 궁금했고 루펜달은 푸락셀이 어떤 재롱을 부릴지 궁금해했다.

"형님. 저는 정말로 기대가 많이 됩니다."

"뭐가?"

"재롱잔치에 놀러 온 느낌입니다."

"재롱잔치?"

저게 무슨 말인가 싶었는데, 오히려 뒤에 있던 이주랑이 더 빨리 눈치챘다. 눈치챈 정도가 아니라 상당 부분 공감했다.

'재롱잔치라.'

누가 감히 젤르두아의 패자. 부활의 권능까지 가지고 있는 최상급 NPC 푸락셀을 치러 와서 재롱잔치를 보러 왔다고 말을 하는가.

'말도 안 되지만.'

그럼에도 불구하고.

'말이 된다.'

왜냐하면 하필이면 상대가 절대악이니까. 황당하지만 그렇다. 사실 그녀도 궁금했다. 푸락셀이 어떻게 이쪽을 공격할지.

밤이 됐다. 빠르게 움직이면 오늘 밤. 공격을 시작할 것이라 생각했는데 그게 맞았다.

3시간 전.

푸락셀은 확신했다. 놈이 마법병기를 운용하고 있다고. 한주혁이 일부러 시간을 끌어서 더 그렇다.

"놈은 지금 많이 지쳤다."

그래서 요양 중일 것이다. 듀란을 얻은 지 얼마 안 됐으니까 조금 휴식이 필요하겠지.

"우리가 올 것을 알고 있을 텐데."

그런데도 그 괴상한 스킬을 펼치지 않았다. 성벽에다가 만드는 그 스킬 말이다. 다른 스킬을 운용할 수 없을 만큼 절대악이 지쳤다는 얘기.

"아무리 놈이라고 해도 물은 마시겠지."

여태까지 아무런 피해도 없이 무혈입성했으니 긴장도 많이 풀어졌을 거다. 젤르두아의 힘이 고작 이것밖에 안 되냐면서 비웃은 일화는 굉장히 유명했다. 물론 한주혁이 일부러 그런 거다.

나 지금 방심하고 있어, 애들아. 그러니까 기회를 틈타 나를 공격하렴. 이러한 제스처를 보낸 거다. 푸락셀은 그러한 심리전에 완벽하게 말려들었고.

"그렇습니다. 물을 마시는 순간. 놈은 마나 운용이 힘들어질 것입니다."

"그러면 마법병기 역시 제대로 사용할 수 없게 되겠지."

"맞습니다!"

마법병기를 사용할 수 없는 절대악. 그 사기적인 스킬마저 펼칠 수 없는 상태의 절대악. 그러한 상대를 상대로도 이기지 못하면 푸락셀의 이름이 운다.

"물론 한 번의 공격으로는 힘들 수도 있습니다."

그래서 비장의 수를 준비했다.

"부활 포인트 지정도 완료했습니다."

"좋다."

듀란 영지 바로 옆. 말을 타고 달리면 15분이면 도착할 수 있는 영지인 '슈프르'에 부활 포인트를 지정했다.

일정 부분 수명을 소모하여 아예 부활 권능에 집중했다. 죽어도 죽어도 금방 되살아나는 능력을 갖추게 됐다.

"너무 많이 사용하시는 건 곤란합니다. 젤르두아의 패자시여."

"지금 그런 걸 따지게 생겼는가?"

지금 자존심에 너무 많은 상처를 입었다. 까짓것 수명 몇 년쯤 줄어든다고 해도 지금은 절대악 놈에게 절망을 줘야 했다. 그것만이 중요했다.

"내 수명이 비록 여기서 다한다 하여도. 절대악, 그놈만큼은 반드시 델리트시켜 버리고 말 것이다."

그래서 밤에 기습을 감행하기로 했다.

천세송이 물었다.

"오빠. 그런데 마성격은 안 쓸 거예요?"

"응."

"왜요?"

천세송이 아는 한, 마성격은 한주혁의 스킬 중에서도 가장 사기적인 능력을 발휘한다.

과연 스킬이라고 해도 될 정도인가. 이게 진짜 스킬이 맞나. 버그가 아닌가. 그 정도의 스킬이다. 한주혁을 사랑해 마지않는 천세송마저도, 모든 상황을 한주혁에게 유리하도록 왜곡해서 생각하는 천세송마저도 한주혁의 스킬이 지나치게 사기적이라는 것을 안다.

'그 스킬 있으면 엄청 쉽게 이길 거 같은데.'

이기는 정도가 아니라 아예 접근조차 못 할 거다. 저번에 보지 않았던가. 그 사기적이고 경이로운 능력을.

루펜달이 옆에서 거들었다. '형님의 저 존귀한 입술이 움직이지 않도록 허드렛일은 펫 1호인 내가 대신해야지'라는 마인드로 열심히 말했다.

"너무 쉽게 죽으면 곤란하기 때문입니다."

중국의 피해가 점점 커지고 있는 상황.

문 타이거를 필두로 하여 짐승형 몬스터들이 모여들기 시작하면서 피해 규모는 시간이 가면 갈수록 더욱 커지고 있다. 때가 무르익기를 기다려야 했다.

"다시 말해 형님이 너무 세서 일종의 밸런스 자체 패치를 하신 것입니다. 푸락셀이 너무 약하거든요."

그랬다. 푸락셀의 생각은 완전히 틀렸다.

절대악은 지금 지쳐서라든가, 마법병기의 충전이 필요하다든가, 아니면 여력이 없다든가. 그래서 마성격을 쓰지 않은 게 아니다. 그냥 밸런스 패치해 줬다. 너무 쉽게 죽지 말라고. 그냥 좀 봐주겠다고.

루펜달의 표현을 빌리자면 '열심히 재롱 부려봐. 친구' 정도 되겠다.

그리하여 푸락셀이 듀란에 도착했을 때. 한주혁은 피식 웃고 말았다. 푸락셀이 뭘 하는가 하고 봤더니.

'기병대?'

기병대와 비슷한 형태의 무리를 끌고 쳐들어왔다.

'역시 형제는 형제라는 건가?'

예전. 동생인 두르치를 상대했을 때에도 비슷했다. NVP 존이 설정되었고 그에 따라 NVP 존 내에서의 룰에 따라 전투를 치렀었다.

'그때 놈들보다는 실력이 있어 보이기는 하는데.'

푸락셀이 자신만만하게 말했다.

"이 힘이 나의 진짜 능력. 젤르두아의 모래 폭풍이다. 네놈이 자신이 있다면 어디 한번 버텨봐라."

그렇게 하여 성을 공격했다. 한주혁은 성의 내구도가 떨어지는 걸 그냥 구경했다.

'그래. 뭐. 시간을 좀 주자.'

고수가 하수를 상대할 때의 마인드와 비슷했다. 성벽의 내구도가 10퍼센트 정도 남았을 때. 한주혁이 홀로 성문을 걸어 나갔다.

이때다 싶었던 푸락셀이 바로 NVP를 걸었다.

-푸락셀에 의하여 NVP 상태로 전환됩니다.
-플레이어는 NVP를 거절할 수 없습니다.

푸락셀이 웃었다.
"네놈. 상태가 훤히 보이는구나."
독이 잔뜩 들어 있는 물을 마셨을 거다. 그게 확실했다. 그렇지 않고서야. 저렇게 약한 모습일 리 없지 않은가.
한주혁이 말했다.
"미안한데."
너한테만 부하 있는 거 아니거든. 나한테도 부하 있거든.
"혹시 물에 독 넣은 거 때문에 그렇게 자신만만한 거야?"
나 그거 이미 알고 있었는데. 그래서 안 마셨어. 사실 마셔도 별 이상 없을 거 같긴 한데 찝찝하잖아.
"여전히 주둥이는 살아 있구나."
외부적으로 장로의 존재가 그다지 알려지지 않은 상태. 저쪽의 상황을, 팬더를 통해 이미 전부 알고 있다는 사실을 전혀 모르고 있는 것 같다.
여기서부터 이미 갈린다. 팬더가 적어도 저놈들보다는 한 급 이상 상급 NPC라는 게.
푸락셀이 여전히 자신만만하게 말했다.

"서 있는 것도 힘들 것이 틀림없다."

인간 한 명과 기병대가 싸운다면 그 결과는 어찌 되겠는가. 아무리 강력한 플레이어라고 해도, 아니. 아무리 강력한 NPC라고 해도 기병대를 상대로 하여 이길 수는 없는 법이다.

기병대를 상대하려면, 기병의 자격을 갖춰야 하니까. 놈이 아무리 강력해도 애초에 공격이 통하지 않는다. 기병의 진이 만들어진다면.

한주혁이 말했다.

"근데 있잖아. 너 혹시 동생도 기병대 데리고 다니지 않았어?"

그때 푸락셀은 순간 이상함을 느꼈다. 맞다. 생각해 보니 그렇다. 동생도 기병대를 항상 데리고 다녔었다. 그런데 죽었다. 어떻게 죽었는지. 왜 죽었는지. 그런 것은 제대로 파악하지 못했지만 하여튼 죽었다. 기병대를 소환하기도 전에 죽었던 건가.

순간, 푸락셀의 등에서 식은땀이 흘렀다.

'설마.'

절대악은 기병대조차도 무너뜨릴 수 있는 특수한 힘이 있는 것인가.

'그건 있을 수 없다.'

황궁 최상급 NPC라고 해도 혼자서는 기병대를 이길 수 없다. 그게 룰이고 그게 설정이며 상식이다.

"다시 한번 기회를 줄게. 이게 최선이야? 진짜 이렇게 싸울래?"

"허세가 아주 심하구나!"

쳤으려면 진작 쳤겠지. 이토록 무의미한 시간을 날리지 않았을 터.

"아무리 여유로운 척해도 소용없다!"

그런 줄 알았는데 눈앞에 기병대 하나가 떡하니 모습을 드러냈다. 토러스 기병대다. 안 그래도 강했던 토러스 기병대가 악의 독려를 받아 훨씬 강해졌는데, 심지어 불꽃의 가호까지 받게 됐다.

토러스 기병대가 진격했다. 기병과 기병의 싸움. 적어도 이 싸움에서 토러스 기병대는, 더 정확히 말하자면 '악의 독려'를 받은 토러스 기병대는 단 한 번도 전투에서 패배한 적이 없다.

그것은 이번에도 마찬가지였다.

"……."

검은 잿더미가 된 푸락셀은 말을 잇지 못했다.

콕. 콕. 콕. 콕.

새 한 마리가 날아와 자신의 시체를 마구 쪼아대는 것 때문에 굉장한 수치심을 느꼈다. 검은 잿더미가 되었는데 감각은 약간 살아 있다. 찔러도 하필이면 굉장히 좋지 못한 곳을 찔러 댔다. 절대 남에게 내어주고 싶지 않은 그곳을. 하다못해 새에게 당했다.

'수치스럽다.'

이 수치를 반드시 갚아 주리라. 바로 부활할 수 있다. 부활해서 몇 번이고 공격하겠다.

10분 뒤. 푸락셀이 다시 모습을 드러냈다. 한주혁도 조금 놀랐다.

"부활을 벌써 했어?"

그러면 부활 포인트가 굉장히 가까이 있다는 거네.

"보통 3일은 걸리잖아."

"그건 너희 가짜 권능을 가진 플레이어들에게나 통용되는 것. 내게도 통할 것이라 생각했느냐?"

"아."

혹시나 해서 물어봤다.

"혹시 계속 이렇게 덤비면 내 체력이 빠질까 해서 이렇게 무식하게 덤비는 거야?"

"시끄럽다……!"

맞네. 저거네. 그럼 좀 많이 실망인데.

"좀 더 신박하고 흥미로운 전술 같은 거 없어?"

사실 조금 기대하지 않았던가. 우물에 독을 푸는 것부터 해서 뭔가 단단히 준비했을 줄 알았는데. 기껏 하는 것이라고는, 부활 권능에 의지해서 계속해서 공격을 퍼붓는 것 정도밖에 안 되지 않는가.

루펜달이 동경 가득 찬 눈으로 한주혁의 뒷모습을 바라보며 생각했다.

'그 어떠한 전략과 전술도 형님 앞에서는 무용지물이기 때문에……! 그 어떠한 전략도 필요가 없어지는 것입니다!'

푸락셀의 마음과 심정이 이해가 됐다. 아마 푸락셀은 지금 '뭐 저런 놈이 다 있냐' 싶을 거다. 분명히 그렇다. 다만 이곳은 젤르두아이고. 자존심 강한 NPC인지라 항복하지 못하는 것뿐.

그렇게 푸락셀은 17번이나 사망했다. 그러는 사이 중국에서는 하나의 폭풍이 일었다.

-문 타이거. 골덴 습격.

골덴은 주요 영지 중에서도 주요 영지다. 중국 최대의 아이템 거래장이라 불리는 곳.

수많은 플레이어가 이곳에서 아이템을 얻고 퀘스트를 얻는다. 중국 플레이어라면 누구나 한 번쯤은 반드시 들른다는 주요 영지. 이곳에서 터를 잡고 장사를 하는 플레이어가 물경 수만 명에 이르며, 이곳에 터를 잡고 있는 연합도 수천 개가 넘을 정도다.

평소 사이가 좋지 않은 스베너 연합과 흑흑 연합이 서로 연대를 맺고 중국 정부 차원에서도 총력을 기울여 이곳에 방어선을 구축했다. 인해전술이라도 해서 문 타이거를 막으려고 했다.

그나마 다행인 것은 스베너 연합이 대공과 거래를 트는 것에 성공했고 마법병기를 지원받았다는 것.

-스베너 & 흑흑 연합의 콜라보.

-문 타이거 1차 격퇴!

　처음으로 문 타이거가 후퇴했다. 모르골 제국으로부터 공급받은 마법병기를 가지고, 성벽과 인해전술을 의지해서 문 타이거를 쫓아내는 데 성공했다. 문 타이거와 인간의 싸움에서, 인간이 처음으로 승리를 한 것이다.

　그런 줄 알았는데 끝이 아니었다. 화가 난 문 타이거가 주변의 짐승들을 불러 모으기 시작한 거다. 용병왕 푸락셀이 그랬던 것처럼. 인해전술에는 인해전술로 상대하겠다는 듯.

　마법병기의 공격만 피해내면서 문 타이거는 끈질기게 골덴을 공격했고 결국 골덴을 무너뜨렸다.

-충격! 골덴 궤멸.
-화가 난 문 타이거! 문 타이거를 어떻게 막을 것인가!

　골덴에 터를 잡고 있던 수많은 플레이어가 순식간에 일자리를 잃었다. 엄청난 쇼크였다. 세계의 주식시장이 휘청거릴 정도로.

　중국 국민들은 망연자실했다.

　"흑흑과 스베너가 힘을 합쳤는데도……."

　"마법병기까지 지원을 받았는데도……."

　마법병기가 있어 봤자 의미가 없었다. 마법병기에 몇 번 맞아본 문 타이거가 마법병기의 공격만을 염두에 두고 피했기 때문이다. 마법병기가 10기 이상 있다면 모를까. 겨우 3기로는 어떻게 할 수 없었다.

"어떡하지……?"

"진짜 문 타이거를 막을 수 있는 방법이 없나?"

수많은 중국인이 일자리를 잃었고 수많은 연합이 무너진 상황.

"결국…… 절대악밖에 없는 거 아냐?"

그러한 여론이 슬그머니 고개를 들기 시작했다. 물론 반대파도 많았다.

"아니. 그래서 절대악에게 또 특혜를 주자고?"

중국 내에서도 여론 분열이 일어났다. 결국 절대악에게 도움을 요청해야 한다. 아니다. 중국 힘으로 해결할 수 있다.

지금 당장은 좀 힘들지 몰라도, 절대악에게 한번 고개를 숙이면 계속 숙여야 한다. 싸우고 또 싸웠다.

다만 랭커들과 고위 간부들의 생각은 조금 달랐다. 이건 아무리 봐도 답이 없다. 모르골 제국이 여유로운 상황이라면 모를까. 그렇지도 않다. 아무리 노력해 봤자 문 타이거한테는 안 된다.

그렇게 24시간이 지난 후. 누군가가 한주혁을 찾아왔다. 그 대단하다는 강재명조차도 막지 못한 사람이.

8장
문 타이거의 변화

올림푸스. 젤르두아에 위치하고 있는 듀란 영지.

듀란 영지의 옹졸했던 성벽은 마성격으로 말미암아 난공불락의 요새가 되어버렸다.

몇 번이고 공격을 감행했던 푸락셀이 '뭐 저런 놈이 다 있냐'라고 푸념하며 지금은 공격을 포기한 상태.

한주혁이 푸락셀의 진영에 들어가 본 것은 아니지만 아마도 항복을 해야 하나. 잘못했다고 빌어야 하나. 그것을 고민하고 있을 것이라 짐작 중이다.

"아 바쁘다."

"뭐가 그렇게 바빠요?"

바쁘다고 말하는 한주혁이나 그 말을 듣는 천세송이나. 둘다 왜 바쁜지 서로 아주 잘 알고 있다.

"내가 먼저 말해도 돼요?"

"먼저 말해봐."

"오빠 보느라 너무너무 바빠요. 시간이 너무너무 없어요. 오빠 보고 있으면 시간이 너무너무 빨리 가버려요."

한주혁의 광대가 치솟아 올랐다. 천세송의 머리를 슥슥 쓰다듬었다. 얘는 어쩜 이렇게 시간이 가면 갈수록 귀엽고 예쁜지 모르겠다. 미성년자일 때, 어떻게 참았지? 스스로가 대견하고 신기할 지경이다.

"나도 너 보느라 바빠."

"현실에서는 언제 봐요?"

올림푸스 내에서 붙어 있는 것과 현실에서 만나는 건 또 느낌이 다르다. 가상현실. 거의 현실에 근접한 세상이지만, 그래도 천세송은 현실에서 보는 쪽을 더 선호했다.

"음. 현실에서도 한 번 바빠 볼까?"

"정말요?"

"응."

"이번에 영화 나온 거 있다던데. 그거 보러 갈래요?"

천세송이 폴짝 뛰면서 한주혁에게 안겨들었다. 한주혁의 허리를 꽉 껴안고서, 마치 강아지처럼 한주혁의 배에 볼을 비볐다. 같이 영화를 보러 가는 것이 어지간히도 기쁜 듯했다.

그렇게 현실에서 바빠보려고 마음먹었는데, 정말로 바쁘게 생겼다.

강재명 비서실장이 사과했다.

"죄송합니다. 너무 막무가내로 밀어붙인지라."

"실장님이 죄송할 일은 아니죠."

죄송하다면 지금 무턱대고 찾아온 저 인간이 미안해해야지.

"저랑 약속 잡은 적 없죠?"

"유선상으로는 분명히 거절했습니다."

"누구라고요?"

"리 치앙이라는 이름을 씁니다."

더 정확히 말하자면.

"중국 중앙정치국 상무위원 중 한 명으로 중국의 실세 중 실세라고 보시면 될 것 같습니다."

절대악이 보기에 중국 중앙정치국 위원이나 상무위원이나 어차피 다 거기서 거기다. 겉으로 표현은 안 하지만 형렐루야, 형멘을 외치는 강재명이 보기에 절대악 미만 만민은 평등했다.

한주혁이 심드렁해져서 말했다.

"자기 마음대로 여기까지 찾아와서 벨을 눌러대는 걸 어떻게 막겠어요?"

그렇다고 무력을 사용해서 접근하지 못하게 할 수도 없고. 그러기엔 또 저쪽의 인원도 만만치 않다. 아마 힘으로 제지하려고 했으면 커다란 무력충돌이 있었을 거다.

"지금 쟤네 저러는 거. 저 무시하는 거 맞죠?"

"……."

강재명은 쉽사리 대답하지 못했다. 절대악이 이 상황을 어떻게 받아들이냐에 따라 중국의 명운이 달라질 것 같다는, 지극히 개인적인 생각을 했기 때문이다. 그래서 함부로 입을 열지 못했다.

한주혁이 하나하나 짚었다.

"약속도 안 잡았죠."

심지어 지금은 데이트하러 나가야 되는데 저놈이 발목을 잡고 있다.

"무턱대고 찾아와서 나오라고 난리죠."

자신은 올림푸스에 접속해 있던 상황. 강재명의 말에 따라 팩트만 나열해 보자면, 놈이 아주 급한 일이 있다고 빨리 좀 나와 달라고 사정사정했단다.

"거의 뭐 깡패라고 해도 좋을 정도로 많은 놈들이 진을 치고 있죠."

'이거 일종의 무력시위로 봐도 되지?'

"돌아가라는데 돌아가지도 않죠."

차라리 혼자 찾아와서 무릎을 꿇고 중국이 잘못했습니다. 친절대악인 흑흑 대신 반절대악인 스베너를 밀어줬습니다. 중국 여론을 절대악에 불리하게 움직이려 했습니다. 그 점을 인정합니다. 진심으로 사죄드립니다. 제발 한 번 도와주십시오…… 와 같은 모양새를 취하면서 공손히 기다리고 있으면 그럭저럭 참작이라도 해줄까 했는데.

"심지어 민폐도 장난 아니죠."

밖에 저렇게 수많은 사람이 밀집해 있는데, 심지어 흉흉한 기세를 내뿜고 있는데 누가 안심하고 길거리에 나오겠는가. 경찰은 또 왜 안 움직이는 건지 모르겠다.

"게다가 건방지죠."

그리고 제일 중요한 건.

"쟤네 때문에 데이트를 하러 갈 수가 없네요."

데이트 말고 다른 의미로 바쁜 거 참 별로인데. 그래서 한주혁이 인터폰을 받아 들었다. 그리고서 말했다.

한주혁의 말투는 그렇게 부드럽지 못했다.

"별로 안 만나고 싶은데요."

통역을 담당하고 있던 남자는 한국인 특유의 기분 나쁜 감정을 읽어냈다. 하지만 최대한 조심스럽게, 리 치앙 상무위원의 심기에 거슬리지 않도록 의역해서 말해줬다.

"지금은 많이 바쁘기 때문에 만날 의사가 별로 없다고 합니다."

상무위원 리 치앙은 기분이 조금 나빠졌다. 아무리 그래도 상무위원인 자신이 왔는데 어떻게 코빼기 한 번 안 비춘단 말인가. 벌써 30분이나 기다렸다. 중국의 실세 중 실세인 자신이 직접 찾아왔는데. 어떻게 이럴 수가 있는가. 한국 대통령이라고 해도 이럴 수는 없는 법이다.

리 치앙이 말했다.

"우리는 한국과의 관계 개선을 원한다고 전해."

리 치앙이 보기에 한국은 역시 중국의 속국이다.

역사가 기록되지 않은 '잃어버린 문명'을 제외하고, 역사 속 모든 순간 동안 한국은 중국의 동생 나라였다. 중국이 하라면 하고, 중국이 말라면 마는 그러한 약소국가.

그건 지금도 마찬가지다. 한국은 중국에 엄청난 무역 의존 도를 보이고 있다. 중국은 한국 없이도 살 수 있지만, 한국은 중국이 없으면 못 산다. 적어도 리 치앙이 보기에는 그랬다.

한주혁은 인상을 찡그렸다. 말을 듣고 있자니 은근히 기분 이 별로다.

"통역이 잘못된 거 아니죠?"

강재명이 말했다.

"아닙니다. 오히려 통역이 훨씬 부드러운 어조로 간곡하게 돌려서 얘기하고 있습니다."

"지금 쟤네가 하는 말. 거꾸로 해보면 중국 없으면 한국도 안 되지 않냐. 한국을 위해 좀 움직여라. 이런 말이죠?"

"……"

"게다가 이런 상황이 지속되면 헬 하운드 목장의 소유권도 빼앗을 수 있다는 걸 아주 간곡하게 돌려서 표현한 거 맞죠? 돌려서 표현했어도 어쨌든 본질은 그거잖아요. 그렇죠? 실장님 생각은 어때요?"

"……."

"표현은 완곡하지만 어쨌든 결론은 한국에 막대한 무역 보복을 감행할 수도 있다. 이런 얘기 아닌가요?"

"……."

인터폰을 굳이 막지 않고서 혼잣말처럼 말했다.

"미친놈이네. 자기들 상황 제대로 알고 있는 거 맞죠?"

"……."

강재명은 침을 꿀꺽 삼켰다. 사실 속으로는 맞다를 백 번 외쳤다. 그러나 그걸 어떻게 입 밖으로 낸단 말인가.

'나는……'

나는 지금 외교적 전쟁터의 한가운데에 와 있는 것이란 말인가. 절대적 갑의 위치에 있는 절대악의 비서라서 다행이지. 저쪽의 브레인이었다면 눈앞이 노래질 뻔했다.

'아니지.'

만약 그 정도 정신머리가 있었다면 이런 식으로 강짜를 부리지는 않았을 거다. 저들은 전부 멍청하든지. 아니면 절대악을 과소평가하든지. 아니면 자신들의 힘을 과신하든지. 뭐가 어찌 됐든 멍청하다는 건 틀림없었다. 누가 갑이고 누가 을인지 구별을 못 하는 멍청이들.

강재명은 조금 황당했다.

'이곳은 외교부도 아닌데.'

따지고 보면 절대악은 그냥 일반 시민 아닌가. 외교부에서 해야 할 일을 지금 한주혁의 저택에서, 그것도 현관 인터폰을 통해 하고 있다.

'어쩌면 한국 외교부. 아니, 대통령보다도 훨씬 강력한 권한을 행세할 수 있는 분이시지.'

그러나 그것을 무분별하게 남용하고 휘두르지는 않는 분.

'헐렐루야. 헐멘.'

속으로만 읊조렸다.

한주혁이 말했다.

"안 만나요. 나 지금 아주 바쁘니까 5분 이내로 사람 모두 물려요."

리 치앙이고 뭐고 관심 없다. 지금은 데이트가 더 중요하다. 지금 세송이 신나서 화장하고 있는데. 저놈들 때문에 밖에 못 나가면 얼마나 짜증 나는 상황인가.

인터폰 너머에서 목소리가 들려왔다.

"그럴 수 없습니다. 이분은 상무위원이십니다."

한주혁의 기분이 더욱 나빠졌다.

"나는 대한민국 국민인데요. 헌법이 자유를 보장한?"

다시 한번 말했다.

"5분 안에 사람 안 물리면 문 타이거고 뭐고 없어요."

문 타이거. 까짓것 안 잡아도 그만이다. 지금 메인 시나리오 퀘스트가 흘러가고 있는 상황. 문 타이거보다 강력한 놈도 언젠가는 나올 것이고, 문 타이거 안 잡아도 먹고 사는 데 하등 지장 없다.

"진짜 화났으니까 사람들 물리세요."

리 치앙은 입술을 깨물었다.

'절대악……!'

거만하고 안하무인이라는 사실은 이미 알고 있다. 사실 누가 '절대악이 그렇다'라고 얘기해 준 건 아니지만, 머릿속에서 그는 이미 절대악을 그렇게 생각했다.

'감히 내가 찾아왔는데…….'

중국의 실세 중 실세인 자신이 직접 찾아왔는데 문전박대를 할 줄이야.

'후회할 것이다……!'

그는 그때까지도 누가 진짜 후회할지 전혀 몰랐다. 그걸 알았다면 이렇게 하지도 않았겠지만. 어쨌든 그는 결국 한주혁을 만나지도 못하고 발걸음을 돌려야만 했다. 대신 대통령 권한대행에게 전화를 걸었다.

황조석. 원래는 국무총리였으나 대통령 탄핵때문에 지금은 대통령 권한대행으로 활동하고 있다.

그가 진심을 다해 사과했다.

-불미스러운 점이 있었던 점 사과드립니다.

중국과의 외교적 마찰을 고려하여 그렇게 전했다.

-제가 반드시 절대악을 움직여보도록 하지요. 중국에 일어난 커다란 재앙에 대하여 함께 고민하고 대처법을 찾아야 할 때라고 생각합니다.

황조석은 생각했다. 그래도 어른이 말하면 듣겠지. 내가 바로 대통령 권한대행인데. 그래서 바로 움직였다.

"모든 스케줄 다 뒤로 옮기고 절대악과 만나겠다."

……라는 것을 이유로 하여 한주혁은 막대한 손해(?)를 입을 수밖에 없게 됐다. 한주혁은 매우 기분이 나빠졌다.

"비행기가 연착된다는 얘기는 들었는데 상영시간이 늦춰진다는 얘기는 처음 듣네."

더욱 어이가 없는 건.

"여긴 원래 차량 출입 금지지역이잖아."

그래서 그 대단하다는 절대악도 저만치 멀리 주차장에 주차하고 걸어왔다. 물론 그 과정은 즐거웠다. 천세송이 팔짱을 끼고 있었으니까. 세상을 다 얻은 것 같은 기분이었다.

천세송도 고개를 갸웃했다.

"맞아요. 어떻게 들어왔죠?"

검은색 고급 차량이 약 6대 정도. 그리고 경찰 오토바이 약 10대 정도. 정확히 숫자는 모르겠는데 하여튼 많은 사람들이 영화관으로 찾아왔다. 기자들도 몇몇 대동했는데 대통령 권한대행이 움직였단다. 그래서 영화 상영 시간도 늦어졌다나 뭐라나.

한주혁은 기분이 더욱 나빠졌다. 인과관계가 대충 그려졌다.

"아, 진짜."

권한대행이면 권한대행이지. 무슨 권리로 상영시간을 늦추고 여기까지 차로 밀고 들어와서 통행에 불편을 주느냐 말이다.

카메라 플래시 세례가 터졌다. 황조석이 웃으면서 다가와 악수를 건넸다.

"잠시 얘기 좀 할 수 있을까요?"

"아뇨. 저 바빠요."

한주혁이 주위를 둘러보며 말했다.

"지금 제 허락받고 제 얼굴 막 찍는 겁니까?"

나는 허락한 적이 없는데. 나도 초상권이 있는데. 올림푸스에서의 얼굴이야 다들 안다 쳐도, 현실에서의 얼굴 자체가 그렇게 알려진 편은 아니다.

"제 얼굴 팔려서 일상생활에 지장이 생기면 제가 불편해진 것들 이상으로 기자님들 생활이 많이 불편해질 겁니다."

가만히 있으니까 정말 가마니로 보는 것 같다. 중국도 그렇고 한국도 그렇고.

"상영시간은 왜 늦췄어요?"

아까부터 참 기분이 별로다. 중국의 고위 간부라는 놈이 찾아와 집 앞에서 농성을 할 때 주민들은 무서워서 벌벌 떨고 있는데 경찰은 코빼기도 안 보이더니, 지금은 또 뭔 놈의 경찰이 이렇게 많아.

황조석은 웃으면서 말했다. 목소리가 아주 작아서 카메라에 담기지는 않았다.

"젊은 친구라 혈기가 왕성한 것은 알고 있으나……."

그래도 말이야.

"그래도 어른이 말하면 좀 듣는 척이라도 해야 하는 거 아닐까요? 한주혁 씨. 몇 살이시죠?"

한주혁은 어이가 없어서 웃고 말았다. 한주혁도 웃으면서, 카메라에 들리지 않을 정도로 작게 말했다.

"듣는 척 안 하고 싶고요."

뿐만 아니라.

"왜 급히 절 찾아오셨는지도 알 것 같은데요."

보나마나 중국 때문이겠지. 외교 문제가 있으니 중국과 원만한 관계를 유지해 달라. 이런 얘기 하려고 온 거 아니겠는가. 이해는 한다.

'그건 정부 사정이고.'

안 되겠다. 이건 이제 감정의 문제다. 사실 한주혁은 일반 시민이다. 외교관계. 무역 보복. 그런 거 알 거 없다. 신경 안 쓰려면 안 써도 되는 입장이다.

"평소에도 이렇게 빠릿빠릿하게 좀 움직여 주시지."

과거 몬스터 게이트 사건이 일어났을 때. 그때 정부는 7시간

동안 모습도 드러내지 않았다. 그때 왜 컨트롤타워가 작동하지 않았는지, 그건 시간이 흐른 지금까지도 여전히 비밀로 남아 있다.

"말씀이 지나치시군요."

황조석의 눈빛이 변했다. 자신. 그러니까 무려 대통령 권한대행이 직접 찾아왔는데도 이렇게 안하무인일 줄은 몰랐다.

그래도 어른이 왔는데. 권한대행이 왔는데. 공손하게 인사하고 머리를 숙여야 하는 거 아닌가. 한 나라의 최고 권력자가. 왕이 모습을 드러냈는데 말이다.

'건방진 새끼.'

할 수만 있었다면 어떤 죄라도 엮어서 감방에 처넣어 버리고 싶을 지경이다.

'감히 권한대행한테 저따위로 굴어? 감히 나한테?'

카메라만 없었으면 욕을 한 바가지로 해줬을 거다. 하늘 높은 줄 모르는구나. 아직 어린 핏덩이 주제에. 어른을 몰라보는 새끼구나. 이렇게 말이다.

"어른한테 이러는 건 예의가 아닙니다."

"어른들이면 어른들답게. 서로간의 약속을 잡고. 스케줄을 조정해서 찾아오면 좋겠네요. 이렇게 무턱대고 들이대는 게 어른들의 방식인가 봐요. 그러면 전 어른 같은 거 별로 안 되고 싶네요."

한주혁은 천세송의 팔을 잡고 영화관 안으로 들어갔다.

"오빠, 근데 이래도 돼요? 되게 높은 사람들이잖아요."

"내가 더 높아."

들어가면서 중얼거렸다.

"세송아, 영화관도 하나 살까……?"

그러면 이런 방해 안 받을 거 같은데. 영화 한 번 보기 참 힘들다. 영화 한 번 보려는데 중국 상무위원이 방해하고 한국 대통령 권한대행이 방해하고.

그런데 이번에는 전화벨이 울렸다. 누군가하고 봤더니 강재명 비서실장이다. 눈치가 있으니 어지간한 일로는 전화를 하지 않을 텐데. 분명 중요한 일이었다.

"무슨 일이죠?"

-바쁘신 와중에 정말 죄송합니다.

강재명 나름대로는 각오를 다진, 사장님의 데이트를 방해하면서까지 올려야만 하는 보고를 올렸다.

올림푸스에서 몇 가지 변화가 일어났다.

어벤져스 연합의 캡틴은 회심의 미소를 지었다.

"역시 그렇게 되었군."

이래서 정보가 중요한 거다. 리 치앙에 대한 정보. 평소 성격, 성향 등을 고려해 봤을 때. 이런 말도 안 되는 일이 벌어지리라는 것을 이미 예측했다.

그의 동료 중 한 명인 스미스가 감탄했다.

"스케일이 정말 대단하지 않습니까?"

어떻게 건드려도 절대악을 건드리지? 그것도 저렇게 오만불손하게? 자유 민주주의와 공산주의의 차이인가? 이념이 달라서 그런가? 그래서 우리랑은 상식이 이렇게 다른 건가? 도대체 이유를 찾을 수가 없었다.

캡틴이 고개를 끄덕였다.

"이렇게 될 줄은 알았지만 정말로 이렇게 되니까 놀랍군."

중국 측이 접근하는 것을 알고 있었지만 일부러 막지 않았다. 막을 명분도 없었거니와(중국 측이 무기를 들고 공격하던 것은 아니었기에) 막을 필요도 없었다. 중국과 미국은 서로를 견제하고 있는 상황.

그러한 찰나, 중국에서 저런 삽질을 하는데 도와줄 필요는 없지 않은가.

스미스가 진심으로 물었다.

"저희의 상식과 저들의 상식이 많이 다른 겁니까?"

절대악에게 잘 보여도 모자랄 판에 어떻게 저런단 말인가. 떼거리로 몰려가서 만나달라고 땡깡을 부려대다니.

"정말 제 머리로는 이해할 수 없는 행동방식이군요."

"세상에는 이해할 수 없는 일이 엄청나게 많이 일어나지."

대표적인 예로 한국이 있다. 한국의 대통령이 꼭두각시였다는 것이 밝혀지면서 한국 전체가 지금 충격에 빠져 있는 상황 아닌가.

"그게 상식적으로 말이 된다고 보나?"

이른바 비선실세가 존재한다는 것. 그런데 그 비선실세가 일반인들은 모르는 '태르민 일가'일 확률이 매우 높다는 것.

"아마 어떤 소설가가 그걸 소설로 쓰면 욕을 먹을걸?"

"개연성이 전혀 없다고 말입니까?"

"그렇지."

지금의 상황도 마찬가지다.

"그렇다고는 해도 중국 측은 곤란하게 됐어. 절대악의 데이트를 방해했으니."

다른 건 몰라도 데이트를 방해하다니. 게다가 무역 보복을 완곡히 돌려 표현하다니. 배짱도 저런 배짱이 없다.

"이러다 중국 영지 전부 궤멸하는 거 아닙니까? 그러면 미국에도 피해가 클 텐데요."

캡틴은 생각했다.

'끝까지 가만히 있지는 않을 것 같은데……'

모르긴 몰라도 지금 절대악은 군자금이나 세력이 반드시 필요한 상황이다. 중국과 한국을 중심으로하여 플레이어 VS NPC 구도가 생겨나고 있는 실정. 분명 그 격변의 중심에 절대악이 있을 거고, 그러려면 절대악도 힘과 돈을 모으고 사람들을 모아야 했다.

캡틴이 피식 웃었다.

"그런데 제일 황당한 건 한국의 대통령 권한대행이었지."

좋기는 좋다. 저들이 알아서 병신력을 뽐낼수록, 이쪽은 정상처럼 보일 테니까.

"그렇습니다. 저도 진짜인지 몇 번이나 확인했습니다."

흑흑 연합의 로랑. 그는 땅에 주저앉을 뻔했다.

"……리 치앙이?"

상무위원 중 하나가 가서 사고를 쳤다. 게다가 한국 대통령 권한대행과 만나서 압력을 가했다는 것 같다.

로랑은 망연자실했다.

"미친놈들인가……? 뇌가 없는 건가?"

"……아무래도 그런 것 같습니다."

압력을 가할 대상이 완전히 잘못되지 않았는가.

"리 치앙과 권한대행이 콜라보를 이루어 병신짓을 했군."

이러다가 절대악이 진짜 기분 나빠져서 아 몰라. 알아서 하세요. 이러면 어떻게 한단 말인가.

"도대체 무슨 생각으로 그런 거지?"

혹시 미국의 스파이인가? 라는 말이 목구멍까지 튀어나왔지만 참았다. 그래도 상대는 상무위원 아닌가.

'머리가 장식이야 뭐야?'

지금의 상황을 보면서도, 절대악의 사회적 위치와 능력을 알고 있으면서도 어떻게 그럴 수 있나 모르겠다.

'좋아. 리 치앙이 자존심과 선민사상으로 똘똘 뭉친 외국인이라 쳐.'

외국인이니까. 사상과 이념과 문화가 다르니까. 대충 그럴 수 있다 치자. 물론 대충이라도 그럴 수 없지만 어쨌든 넘어가기로 했다.

'근데 권한대행이란 놈은……:'

이름이 황조석이란다. 리 치앙에게 압력을 받아서 그 압력을 절대악에게 전했단다. 이게 반대라면 이해가 된다. 절대악에게 압력을 받아서, 이를테면 '중국인이 나 귀찮게 하니까 공권력 동원해서 막아줘'라는 압력을 받아서 리 치앙을 막았다면 이해가 좀 된다.

그런데 그 반대다.

러시아의 대표적인 연합. 검객 연합의 호크도 이 상황을 예의주시했다.

"이걸 어떻게 이해해야 하지?"

"어쩌면 고도의 정치적 술수일지도 모릅니다."

"정치적 술수?"

"욕은 권한대행이 전부 먹는 대신에…… 절대악이 움직이지 않을 명분을 줬습니다."

절대악이 움직이지 않으면 중국의 피해는 점점 커진다. 짐승형 몬스터들이 몰려들면서 피해는 눈덩이처럼 불어나고 있는 상황. 피해가 점점 커지자 반절대악 여론은 힘을 잃고, 친절대악 여론이 힘을 많이 얻었다. 때가 거의 무르익고 있는 중이다.

"뿐만 아니라 이번 일로 인하여 친절대악 세력의 입김이 훨씬 더 강력해질 것입니다. 반대파를 숙청할 수 있는 절호의 기회이자 명분이 될 수도 있을 겁니다."

"그러니까 리 치앙이 원래는 친절대악인데 자기가 나서서 일을 이렇게 만들었다? 친절대악에게 유리해지도록?"

호크가 고개를 저었다.

"아니."

아마도 정치적 술수가 아닐 거다. 그렇게까지 생각하기에는 절대악을 건드리는 리스크가 너무 크다.

'저렇게밖에 해석할 수 없다는 것도 아이러니한데.'

그 아이러니를 벗어나 감히 절대악을 건드리다니.

"내 생각에는……."

그냥 병신들인 거 같다. 어깨 위의 그것을 폼으로만 달고 있는 병신들.

흑흑 연합의 로랑은 그렇게 생각했다. 일어나서는 안 되는. 아니, 일어날 수도 없는 일을 일어나게 만들었다.

그 인과관계나 개연성은 신경 쓸 수 없었다. 그들의 머릿속을 해부해서 뜯어보지 않는 이상, 저들의 생각과 뜻을 읽을 수가 없었다.

"그냥 병신들의 콜라보쯤으로 생각하는 게 마음 편하겠어."

오히려 잘된 부분도 일부 있다.

"병신들이 병신짓을 하는 것만큼, 일반인들은 더욱 돋보이게 마련이지."

병신들 옆에 있으면 일반인도 천재처럼 보이지 않겠는가. 이쪽은 이쪽이 할 일을 하기로 했다.

한주혁의 데이트는 취소됐다.

"······미안해."

천세송이 활짝 웃었다. 겨우 이런 것으로 투정부리고 토라질 수 없다. 그녀는 그렇게 생각했다.

"미안하긴 뭐가 미안해요. 다음에 또 보러 오면 되지. 다음번에는 내가 예약할게요!"

그러고서 팔짱을 꼈다.

"올림푸스 안에서 또 보면 되는 걸, 뭐."

올림푸스 안에서 변화가 있었단다. 오늘은 보름달이 뜨는 날. 그 보름달의 영향을 받아 푸락셀이 기이한 힘을 발휘하고 있다나 뭐라나.

"그런데 뭐가 어떻게 된 거예요?"

걸어가면서 한주혁이 대략적인 상황을 설명해 줬다.

"……그렇게 된 거야."

"우와. 그러면 푸락셀이 진짜 대단한 NPC는 맞긴 맞나 봐요. 오빠의 마성격이 힘을 못 쓸 정도면."

"힘을 못 쓴다기보다는…… 특수한 속성 방어 설정이 덧입혀진 거지."

마성격의 공격력 자체는 감히 측량하기 어려울 정도다. 현존하는 모든 스킬 중에서도 단연코 최고의 공격력을 가진다. 그러나 아무리 강한 공격이라 할지라도, 그 공격이 먹히지 않으면 무용지물이 된다.

"어떤 속성이래요?"

"그건 알아봐야 해."

사실 알아볼 필요도 없다.

"정 안 되면 뚜드려 패면 되지."

구마도스 장갑이 있지 않은가. 정 안 되면 그냥 주먹으로 패면 된다. 한주혁과 천세송이 올림푸스에 접속했다.

푸락셀은 오늘을 기다렸다.

'보름달이 뜨는 날.'

안 그래도 달빛 강화를 받아 더욱 강력해진 자신이다. 그런

데 보름달이 뜨는 날은 더더욱 강력해져서 더욱 강한 힘을 개
방할 수 있다.

'빛 속성의 공격이 아니면…….'

날 공격할 수 없다. 그래서 그는 자신 있었다. 절대악이 점
거하고 있는 듀란 영지를 공격했다. 마성격이 반격했지만 푸락
셸에게는 피해가 없었다.

젤르두아의 병사들은 환호했다.

"저, 정말이시다!"

"정말로 피해가 없으시다!"

뿐만 아니라.

"우, 우리도 괜찮아!"

"다, 달빛의 가호가 우리와 함께한다!"

"절대악의 능력도 별거 아니다!"

빛 속성 공격이 아니면 자신들을 공격할 수 없다더니. 그 말
이 맞는 듯했다. 드디어 저 말도 안 되는, 괴물 같은 성벽을 공
격할 수 있게 됐다. 사실 듀란 영지의 성벽은 그다지 강력하지
않은 편이어서 쉽게 공략할 수 있다.

푸락셸이 씨익 웃었다.

'이런 힘이 내게 있다면……!'

그렇다면 절대악 그놈도 이길 수 있을 것이다. 라는 근거 없
는 자신감이 차올랐다.

"안녕, 친구?"

그리고 자신감만 차올랐다.

퍽!

격타음이 들렸다.

푸락셀은 의아했다.

'몸이⋯⋯.'

움직이지 않았다.

'뭐지?'

이 감각 익숙했다.

'이 감각은⋯⋯.'

죽었을 때의 감각인데. 주위를 둘러봤다. 주변이 이상하게 높게 보였다. 자신이 검은 잿더미가 되었기 때문이다.

한주혁이 황당한 듯 말했다.

"또 한 방이냐?"

성을 무너뜨린 건 장하다. 특수 설정 방어 능력이 있다지만 어쨌든 최상급 NPC가 맞긴 맞는 거 같다. 그런데 최상급 NPC면 주먹 한 방 정도면 버텨줘야 하는 거 아닌가.

천세송이 옆에서 내조했다.

"너무 실망하지 말아요."

최상급 NPC가 너무 약하다고 실망하지 말아요. 오빠는 스탯으로만 치면 레벨이 거의 1000이잖아요. 푸락셀은 해봐야 한 300 되겠어요? 그 정도 격차가 나면 한 방인 게 당연한 거예요.

"제가 옆에 있잖아요."

푸락셀은 망연자실했다. 오늘을 기다려 왔다. 달빛에 의하여 진짜 힘을 꺼내 쓸 수 있는 이 때를. 그런데 이것도 소용없었다.

"……."

이제는 화도 안 났다. 그냥 죽는 게 너무 당연해졌다. 젤르두아의 병사들은 혼비백산하여 도망쳤다. 꼬꼬가 하늘을 가르며 놈들을 도륙했다.

키에엑!

내놔라! 먹을 것!

루펜달도 달렸다.

"형렐루야! 형멘!"

그리고 한주혁이 말했다.

"이주랑 씨. 저랑 이동 좀 하죠."

한주혁이 이동한 곳은 듀란 영지에서 얼마 떨어지지 않은 곳. 루톤 영지다. 영지라고 보기도 어려울 정도로 빈약한 생산 시설. 그냥 마을 정도의 수준이다. 성벽이 있기는 있는데 성벽이라고 하기에는 좀 미안했다. 툭 치면 내구도가 깨지는 수준.

이주랑이 의아해했다. 절대악이 이곳에는 왜 온 거지?

"이곳은……"

여기는 얻을 수 있는 것이 아무것도 없어 보이는데.

어느 영지나 그렇듯, 중앙에는 광장이 하나 있었다.

한주혁이 거기서 잠시 기다렸다.

"아마 이곳이 놈의 부활 포인트일 확률이 높거든요."

성은 무너뜨려 놨다. 영주 등록은 안 했다. 다시 말해, 이곳은 허허벌판. 그냥 필드다. 공격이 가능하다.

놈이 부활하는 시간. 공격 경로 등을 따져봤을 때 이곳이 가장 유력했다. 약 3분이 흘렀을 때. 한주혁의 예상은 보기 좋게 들어맞았다.

한주혁이 씨익 웃었다.

"아까는 인사도 없이 사라져서 섭섭했어."

푸락셀의 표정이 푸르죽죽하게 변했다. 젤르두아의 패자. 용병왕 푸락셀의 기개는 이제 온데간데없이 사라졌다.

아무리 용을 쓰고 난리를 쳐도 어떻게 할 수가 없다. 저놈은 그냥 미친놈이다. 절대 이길 수 없는 미친놈. 숱한 전투 끝에 그것을 깨달았다.

덜덜 떨리는 목소리로 말했다.

"그, 그래도……"

그래도 희망이 있다면 놈에게 델리트 권능이 없다는 것. 그것까지 있었다면 정말 큰일 날 뻔했다.

한주혁이 머리를 긁적거렸다.

"아하."

무슨 말을 하려는 건지 알겠다.

"나한테 델리트 권능 없다고 말하는 거지? 그래서 너 못 죽인다고."

지금 활성화되어 있는 '용병왕의 분노' 퀘스트를 클리어해야만 이번에 새로 얻은 두 개의 스킬을 제대로 활용할 수 있다. 이 두 개의 스킬을 제대로 활용할 수 있다면 보스 몬스터들을 못 도망가게 할 수 있다.

"그런데 말이야."

한주혁이 턱을 매만졌다. 놈이 희망을 걸고 있는 게 뭔지 알긴 알겠는데.

"나한테 이거 있다?"

한주혁이 뭔가를 꺼냈을 때. 안 그래도 흙빛이던 푸락셀의 얼굴이 거무죽죽하게 변했다. 여태까지는 그냥 답이 없는 상태였다면, 이제는 절망에 가까운 상태다.

푸락셀은 절망했다. 미친놈이다. 틀림없다. 이놈은 정녕 미친놈이다. 절대 이길 수 없는 미친놈.

절대악이 꺼낸 것을 쳐다봤다.

"그, 그건……!"

한주혁이 뭔가를 꺼내 들었다. 천세송은 가만히 웃고 말았다.

'우리 오빠지만.'

지금 저 얼굴, 저 표정. 정말 귀엽고 사랑스러운데.

'좀 사악해 보이긴 하네.'

귀엽고 사랑스러운 건 틀림없다. 저 볼을 앙! 깨물어주고 싶을 정도다.

천세송의 눈에는 그렇게 귀엽지만, 푸락셀의 눈에는 전혀 그렇게 보이지 않았다.

'저 새끼는 악마다.'

지옥에서 올라온 악마가 틀림없다.

'내가 어쩌자고……'

저런 악마 사탄 같은 새끼를 건드렸는지 모르겠다. 동생은 이미 죽었고 자신의 분노는 그냥 속으로 삼켰어야 했는데. 어릴 적 엄마가 그랬다. 너는 그 불같은 성미를 좀 고쳐야 한다고. 그 성격 때문에 언젠가 한 번 큰코다칠 거라고.

'엄마.'

갑자기 어머니가 보고 싶었다. 큰코다치는 정도가 아니라 인생이 끝나게 생겼다.

한주혁이 말했다.

"뭔지 알지?"

당연히 알고 있다. 저건 아주 유명한 거다.

"이브이……"

3급 마법병기. 5기 이상이 모이면 2급의 힘을 낸다 하여 2.5급 마법병기라고도 불리는 이브이. 공성 및 수성 전부 사용이 가능한, 다재다능한 마법병기다. 설정값을 조정한다면 매우 높은 확률로 델리트 권능도 활성화시킬 수 있다.

"한 번 죽여서 안 되면."

한주혁의 미소가 짙어졌다.

"두 번 죽이고, 세 번 죽이고, 네 번 죽이고."

여러 번 계속 죽이다 보면 어떻게든 되겠지.

"어차피 여기가 부활 포인트잖아? 심지어 부활 속도도 엄청 빠르고."

그리고 보아하니.

"네 표정을 보니까. 부활 포인트를 새로 지정할 수 없겠네."

표정에 당황한 게 드러났다. 만약 부활 포인트를 새로 지정해서 도망칠 수 있다면 저런 표정은 짓지 않았을 거다.

"부활과 관련한 설정을 계속해서 바꿀 수는 없나 봐. 그렇지, 친구?"

꿀 먹은 벙어리가 된 푸락셀을 보면서 한주혁은 더욱더 확신할 수 있었다. 천세송은 그런 한주혁을 보면서 또 생각했다.

'우리 오빠 형사님 해도 되겠다.'

물론 그녀는 형사가 어떻게 취조하는지, 범인을 어떻게 몰아가는지에 대해 전혀 모르지만 그냥 그녀의 머릿속에서는 그렇게 됐다. 뭐가 어찌 됐든 결론은 우리 오빠 멋있다……. 정도가 되겠다.

한주혁이 말을 이었다.

"그리고 나는 잘 모르겠는데……."

정확하게는 몰라도.

"네가 어떤 속성 방어를 가지고 있는지는 몰라도…… 이브이는 속성 설정이 가능한 거 알지?"

"……."

틀림없다. 저 새끼는 진짜 악마다. 지옥을 뚫고 올라온 악마 새끼다. 그렇지 않고서야 저렇게 사악하게 웃을 수가 없다.

"이브이에 죽으면 많이 아프다던데? 마법병기가 특별한 고통을 준대. 나는 몰라. 안 죽어봐서. "

더 정확히 말하자면 맞아도 안 아파서 잘 모르겠다. 어쨌든 알려진 바에 따르면 마법병기에 죽으면 많이 아프단다.

"아, 어떡하지. 죽으면 아플 텐데. 걱정이 많이 된다."

푸락셀은 정말로 할 말을 잃었다. 뭐라고 대꾸해야 할지 모르겠다. 머릿속이 텅 비었다. 그냥 엄마 보고 싶다.

"죽을 준비됐지, 친구야?"

용병왕 푸락셀이 크게 외쳤다.

"자, 잠깐!"

푸락셀이 제안했다.

"네, 네게 제안을 하, 하겠다!"

"하겠다?"

이브이에 손을 얹었다.

"하, 하겠습니다!"

"음."

"하겠사옵니다!"

한주혁이 어깨를 으쓱했다.

"말 조심해, 친구."

푸락셀은 외치고 싶었다. 너랑 내가 왜 친구냐. 이 무자비한 악마새끼야. 그러나 속마음과 입은 전혀 다르게 움직였다.

"친구로 생각해 주시니 영광이옵니다."

"그렇지?"

"물론 그렇사옵니다!"

뒤에서 루펜달이 가소롭다는 듯 웃었다. 입 모양으로 무언가를 말하고 있었는데 푸락셀이 보니(그 역시 최상급 NPC이고 입 모양으로 상대가 무엇을 말하는지 정도는 쉽게 알아차릴 수 있다. 한주혁 앞이라서 그렇지 푸락셀도 매우 강한 NPC다) 너는 펫 3호야. 알겠냐? 라고 말하는 것 같았다.

한주혁이 어린애 달래듯 살살 말했다.

"자. 이미 전쟁은 끝났어."

"그렇습니다. 제 일방적인 패배입니다. 항복을 선언합니다."

"그럼 우리 친구지?"

"당연합니다. 친구가 될 수만 있다면 아주 행복할 것입니다."

푸락셀을 따르던, 그나마 살아 있던 젤르두아의 NPC들은 절망했다.

그들은 용병왕 푸락셀에게 저런 비굴한 모습이 있는지 처음 알았다. NPC들이 그 자리에서 떠나갔다. 그러나 푸락셀은 그런 것에 신경 쓰지 않았다. 저 이브이에 한 5번쯤 죽으면 델리트될 거 같다. 그러면 정말 끝이다. 지금 자존심이 문제인가. 목숨이 걸렸는데.

"네 분노는 전부 사그라들었지?"

애초에 이 퀘스트는 푸락셀을 죽이는 것이 목표가 아니었다. 이 퀘스트의 이름은 '용병왕의 분노'이고, 용병왕의 분노가 사그라지면 조건은 만족된다. 한주혁은 푸락셀을 죽이는 대신 다른 선택을 하기로 마음먹었다.

"물론입니다. 저는 전혀 화가 난 적이 없습니다."

푸락셀은 조심스레 눈치를 살폈다.

사실 지금 하려는 말이 무슨 뜻인지는 잘 모른다. 그런데 루펜달이 하는 모양새로 봐서, 절대악이 엄청나게 좋아하거나 혹은 절대악을 매우 높이는 미사여구 같은 느낌이다. 그래서 말했다.

"하늘에 맹세합니다. 형렐루야. 형멘."

한주혁은 그 말을 무시했다. 쟤도 이상한 거 배운다. 형렐루야 형멘은 무시한 채 제안했다.

"나한테 충성 서약서라는 시스템이 적용되어 있는데."

<충성 서약서>

1. 제왕 카리아-꼬꼬

2. 제5장로 베르디

로 시작하는 그것 말이다.

"배신하면 매우 높은 확률로 델리트되거든."

이렇게 좋은 게 있는데 써먹지 않을 수가 없지 않은가.

"어때? 친구. 내 얘기를 한 번 주의 깊게 들어볼래? 너한테도 그다지 나쁘지 않을 제안이야. 잘 들어봐."

저녁 식사시간. 오늘은 천세송이 직접 요리를 했다.

"어때요?"

"응. 맛있어."

김이 보글보글 끓어오르는 된장찌개가 보였다. 사실, 한주혁의 대저택에는 일류 쉐프들이 상주하고 있다. 그들이 해주는 음식에 비해서는 보잘것없는 게 사실이다. 천세송의 취미가 비록 요리라고는 해도, 직업으로 요리를 하는 사람들에 비해서는 잘할 수 없는 게 사실이니까.

"세상에서 제일 맛있어."

한세아는 속으로 생각했다.

'그 정도는 아닌데.'

평범한 된장찌개다. 나름 맛있다. 먹을 만했다. 밥 한 그릇 정도는 뚝딱 할 수 있을 정도다.

'눈에서 아주 꿀이 줄줄 떨어지는구만?'

천세송을 바라보는 한주혁이나. 한주혁을 바라보는 천세송이나. 그 둘의 눈에 꿀이 가득했다. 한세아는 저 둘이 보기 좋으면서도 속이 조금 쓰렸다.

"오빠. 나 밥 먹는다. 애정표현은 밥 다 먹고 해."

한주혁이 피식 웃었다.

"여기 내 집이다."

"……."

여기 집주인이 한주혁이 맞다. 한세아는 결국 입을 다물 수밖에 없었다. 조물주 위에 건물주라던데. 이 사람이 건물주 아닌가.

"아냐. 둘이 보기 너무 좋네. 하던 거 계속해. 나는 신경 쓰지 말고. 그냥 내 앞에서 키스해도 나는 모른 척할게."

그 말에 천세송의 얼굴이 잔뜩 붉어졌다. 키스한 것도 아닌데, 저 말을 듣고 보니 한주혁의 입술만 보였다. 저도 모르게 침을 꼴깍 삼켰다. 한세아가 그걸 놓치지 않고 봤다.

'기집애.'

귀여웠다. 침을 꼴깍 삼키며 얼굴을 붉히는 모습. 여자인 자신이 봐도 저렇게 사랑스러운데, 오빠가 보면 얼마나 예쁠까.

식사가 끝나고서 한세아가 고개를 절레절레 저었다.

"결국 용병왕의 분노 클리어한 거네. 그 방법은 협박이었고. 아니, 겁박."

"회유였지. 협박이라니."

"……."

그래. 뭐. 회유라고 쳐도 될 거 같다. 어쨌든 중요한 건 젤르두아의 패자. 용병와 푸락셀과 일종의 협정을 맺었다는 거다.

"……그러니까 요약하자면 푸락셀이 오빠 꼬봉이 됐다. 이거 아냐?"

"맞아."

"그래서 루펜달이 엄청 속상해하고 있고."

안 그래도 루펜달이 엉엉 울었다는 풍문 아닌 풍문이 들려 오고 있다.

"어. 명목상 1호 자리 줬거든."

"울었다던데?"

"설마. 그냥 소문이 그런 거지."

"근데 진짜 대단하다, 오빠. 사실 젤르두아에서 얻을 수 있 는 수익성 높은 상품은 갈렉밖에 없잖아."

그거 하나를 얻기 위해 젤르두아 전체를 다스리는 것은 아 주 비효율적인 일이다. 에르페스 제국도 용병왕 푸락셀의 권위 를 인정해 주고 그냥 조공을 받는 것으로 그치지 않았는가. 그 들이 그렇게 한 것에는 다 이유가 있는 법이다.

"필요한 것만 쏙쏙 얻을 수 있으면서 용병왕한테는 힘을 실 어준 거지?"

이브이 3기를 빌려줬다. 충성 서약서가 있는 한, 푸락셀은 한주혁을 배신할 수 없다. 사실상 배신해도 한주혁에게는 그다지 타격이 없고.

"겉으로는 평화협정이고…… 그에 대한 대가로 무려 3급 마법병기를 줬고……. 뭐 준 건 아니지만 일단 줬다 치고."

그러면 NPC들이 생각하기에 굴욕적인 패배는 아니지 않겠는가.

"그들은 이브이라는 상징적인 결과물을 얻었고, 대신 단물은 오빠가 쪽쪽 빨고."

뿐만 아니라.

"퀘스트까지 클리어하고."

아무리 생각해도 오빠가 손해 본 건 전혀 없다.

"마성격이 있으니까 사실 이브이도 그다지 필요하지 않고."

뿐만 아니라 성좌가 살아 있으니, 이브이를 본진에 두기도 좀 꺼림칙하고.

"그냥 완전 오빠한테 유리한 협약인데? 협약 맞지?"

"겉으로 보기에는 서로 윈윈하는 협약이잖아. 그거면 됐지. 뭐."

과거와 다 같다. 다만 수익원이 하나 늘었을 뿐이다.

"근데 오빠. 그러면 스킬 두 개 더 활성화된 거야? 어때? 써 봤어?"

한주혁이 고개를 저었다.

"이제 써보려고."

중국의 상황은 시간이 흐르면 흐를수록 점점 더 나빠졌다. 흑흑 연합의 로랑은 하루가 멀다고 절대악을 찾아, 일종의 삼고초려를 하고 있는 상황.

그러던 찰나. 중국에도 보름달이 떴다. 보름달이 뜨자 한 가지 변화가 일었다.

크아아아앙-!

보름달의 기운을 받은 문 타이거가 포효하자, 아지랑이가 피어오르기 시작했다. 푸른색 아지랑이. 달빛을 머금은 아지랑이는 이내 몬스터 형태를 갖추기 시작했다.

그리고 그것은 실시간으로 전 세계에 알려졌다.

-새로운 몬스터 등장!

-새끼 문 타이거. 문 타이곤 100여 마리 출몰!

문 타이거만으로도 이미 벅찬데, 그보다 덩치가 작은 '문 타이곤'이라는 몬스터가 무려 100여 마리가 생겨났다. 문 타이거보다 약한 것은 틀림없었다. 시스템 알림에 따르자면.

-문 타이곤의 레벨 100대 초반.

공식적인 세계랭킹 1위가 대략 90 정도 된다. 그런데 문 타이곤의 레벨이 100 정도다. 심지어 달빛 강화의 적용을 받아서 더 강해졌다. 일반적인 레벨 100대 몬스터보다도 더 강하다는 얘기다.

흑흑 연합의 로랑은 정말로 울고 싶어졌다.

"미치겠군."

문 타이거만으로도 피해가 엄청난데, 거기에 문 타이곤이라니. 그나마 문 타이거는 한 마리였지. 이제는 100마리다.

"최상위 랭커들이 합심해서 잡아야 하는 최상위 던전의 최상위 보스 몬스터들이⋯⋯."

그 보스 몬스터들 100마리가 중국 전역에 퍼지게 된 거다. 이건 정말 답이 없다. 중국이 아무리 넓다 해도 무려 100마리가 깽판을 치고 다니면 굉장히 힘들어진다.

로랑 스스로도.

'나 역시 일정 규모 이상의 피해를 원하긴 했지만⋯⋯.'

그래도 이대로 내버려 두면 피해가 너무 커진다. 중국 전체가 휘청거릴 수도 있는, 말하자면 일종의 자연재해다.

'리 치앙 그 앞뒤 모르는 병신새끼가 일을 더 꼬아놨어.'

그런 머리로 어떻게 정치를 하는 건지. 할 수만 있다면 잡아다 패고 싶을 지경이다.

'정말 문제는⋯⋯ 그 최상급 보스 몬스터들을 레이드하려

면……'

어쨌든 레이드는 가능하다. 레벨 100대라면, 레벨 80대 플레이어 수십 명이 모여서 레이드 하면 잡을 수는 있다. 그런데 그 뒤에 어미인 문 타이거가 버티고 있다. 문 타이곤의 H/P가 1/3 이상 떨어지면 문 타이곤이 비명을 지르기 시작하는데, 문 타이거는 그 비명에 즉각적으로 반응하여 장거리 워프를 사용했다. 결과는 랭커들의 몰살.

'벌써 궤멸된 영지가 60개가 넘어.'

심지어 그 속도가 훨씬 더 빨라지고 있다. 중국 내 주요 영지였던 곳들이 황폐화되고 짐승형 몬스터들의 천국이 되어가고 있다.

결국 그는 오늘도 절대악을 찾았다. 로랑은 자존심을 다 버렸다.

"제발…… 중국을 버리지 말아주십시오."

절대악이 도와주지 않는다고 해서 중국이 정말로 망한다거나 하지는 않겠지만, 그래도 그는 말했다.

"절대악의 도움 없이 중국은 아무것도 할 수 있는 게 없습니다. 때가 무르익었습니다. 도와주신다면 은혜는 절대로 잊지 않겠습니다."

그래서 한주혁이 입을 열었다.

"그렇다면 이렇게 하죠."

한주혁이 조건을 얘기하기 시작했다.

9장
영웅 절대악

로랑은 마음의 준비를 했다.

'리 치앙 병신이 헛짓거리만 안 했어도……'

지금 안 그래도 중국 내부에서 말이 많은 것으로 안다. 리 치앙에 대해 어떤 처분을 내려야 하나. 주석조차도 골머리를 싸매고 있을 정도. 심정적으로는 리 치앙을 응원하나 현실적으로 리 치앙을 응원할 수는 없는 법. 그래서 그들도 머리 아플 거다.

'그냥 자존심만 좀 내려놓으면 되는 것을.'

그게 그렇게 어렵나 싶다. 로랑이 바라본 절대악은 지극히 상식적인 사람이다. 이쪽이 먼저 상식적으로 대하면 절대악도 상식적으로 대해준다.

아마 마음먹고 휘두르려면 진짜로 갑의 권력을 가지고 휘두를 수 있지만 그러지 않는다. 딱 상식선에서. 상식적으로 움직이는 사람이다. 그런 사람에 대해 정치적인 잣대를 가지고, 혹은 다른 잣대를 가지고(그래 봤자 한국인이라는) 판단하는 멍청이들은⋯⋯.

'나가 뒈져야지. 멍청한 새끼들.'

아무리 생각해도 그게 답이다.

'절대악은 정치인도 아니고.'

그래서 정치적인 계산으로 움직이지 않는다. 그냥 한국의 일반 시민으로 생각해야 한다. 정치적인 계산. 이득. 역학관계. 그 어떠한 것도 사실 절대악에게 중요하지는 않다.

'권력에 눈이 먼 사람도 아니고.'

그랬다면 진작에 움직였다. 절대악이 제대로 움직이면 한국의 대통령까지 바뀔 거다. 적어도 로랑은 그렇게 보고 있다.

'돈에 미친 사람도 아니야.'

이미 돈은 차고 넘치게 많다. 물론 제국과의 일전을 준비하기 위해서 군자금을 많이 모으긴 해야겠지만, 이미 알려진 것만 해도 세계 최고 부자의 반열에 당당히 들어간다.

카를로스 평야나 헬하운드 목장 같은 것은 제외하더라도, 일단 3일에 블랙 스톤 1개를 꾸준히 얻고 있지 않은가.(로랑은 절대악이 그것들을 꾸준히 소모하고 있다는 사실을 잘 모른다.)

'이런 사람을⋯⋯.'

중국이 아주 기분 나쁘게 했다. 그래서 많이 걱정했다. 다른 역학관계나 정치적인 계산이 중요하지 않은 사람. 그런 사람을 굉장히 기분 나쁘게 한 거다.

그렇다 보니 지금은 저 기분을 풀어주는 게 우선일 터. 어떤 조건을 내걸지. 어떤 조건을 걸어줘야 절대악의 기분이 풀릴지.

침을 꿀꺽 삼켰다.

한주혁이 입을 열었다.

"첫째."

로랑의 속이 바짝 타들어갔다. '첫째'부터 나오는 걸 보니 여러 개가 나올 예정인 것 같다. 마음의 준비를 했다.

'어지간하면 전부 다 받아준다. 아니, 받아줘야만 한다.'

한주혁이 말을 이었다.

"리 치앙이 말했습니다. 제가 이대로 가만히 있으면 한국은, 중국과의 무역관계에 있어서 상당한 불이익이 있을 거라고."

"그, 그것은 중국의 견해가 아니라 단순히 리 치앙의 견해입니다."

'미친 새끼! 진짜로 저따위로 말을 했어?'

당장에라도 로그아웃을 하고서 리 치앙의 멱살을 잡고 싶다. 아니, 이건 총살감이다. 절대악에게 저따위로 말하다니.

한주혁이 어깨를 으쓱했다.

"물론 이렇게 얘기는 안 했습니다. 그런데 요점만 살펴보면 이거랑 비슷하니까요. 하여튼 그렇게 얘기했거든요."

로랑의 표정이 나빠졌다. 그렇다. 만약 절대악이 정치인이었다면 저렇게 축약하고 요약하여 핵심만 말하지는 않을 거다. 빙빙 돌리고 돌려서 좋게 포장해서 말하겠지.

'그래서 무서운 거다.'

정치적인 계산 없이 단도직입적으로 표현할 수 있으니까.

"그것이 리 치앙 상무위원의 지극히 개인적인 의견이라 믿어 의심치 않습니다만."

그래도 확실한 게 좋지 않겠는가.

"중국은 공식 성명을 통해 무역 보복이라 이해될 수 있는 모든 행위를 제지하고 막아야 할 것입니다."

"물론입니다."

한국과는 무조건 제대로 무역을 해야 한다. 다른 것은 둘째 치더라도 절대악과의 관계만을 위해서라도. 그렇게 해야 한다.

"제가 조금 알아보니까 치졸한 것들을 좀 많이 하셨더라고요."

"……."

한국에서 생산되는 아이템들을 불태운다거나. 한국 플레이어들에 대하여 무한 PK를 실시한다거나. 심지어는 한국 생산 아이템 불매를 알게 모르게 해왔다.

"중국 측에서는 이게 의도한 게 아니라고는 하는데."

그런데 어떻게 다 하나같이 한국 중소연합들과의 거래를 뚝뚝 끊어버린단 말인가. 그것도 이렇게 일방적으로.

"솔직히 믿기는 어려운데 대충 우연이라 치고요."

정치인과는 완전히 다른 방식으로 접근했다. 정치인이었다면 이런 식으로 얘기하지 못했을 거다. 그러나 한주혁은 일반인이다. 그의 견해가 곧 한국의 견해가 될 수 없다. 그냥 일반인 한 명의 견해.

'문제는 그 일반인 한 명의 견해가……'

하필이면 그 일반인이 절대악이라는 거지.

'하필이면 절대악……!'

말 한마디로 세계를 좌지우지할 수 있는, 문 타이거와 같은 변종 미친 몬스터들이 앞으로도 나타날 것이라고 예상되는 이 환경에서는.

"약속하겠습니다. 앞으로 절대 그런 일은 없을 겁니다."

"로랑 님을 믿겠습니다."

주석으로부터 전적인 권한을 받아왔다. 중국도 지금 발등에 불 떨어졌다. 이대로 그냥 두면 올림푸스 내에서 영지를 모두 잃을 판이다.

시간이 많이 흐른다면, 중국의 모든 생산 시설과 근본이 되는 모든 것이 파괴될 수도 있다.

한주혁이 고개를 끄덕였다. 그래. 무역 보복. 큰 나라면 큰 나라답게 좀 치졸하지 않게 해야지. 정당하게 해야지. 너네는 너무 치사했어. 너네한테 의존하고 있던 우리 중소연합들이 줄도산하잖냐.

'이 문제는 해결됐고.'

좋다. 시르티안도 이것을 강력하게 얘기하라고 했다. 절대 악 본인에게 떨어지는 유형적 이득은 없지만, 이것이 절대악의 강력한 지지기반이 되어줄 거라고 얘기했다. 한주혁도 그에 동 의하는 편이었고.

"둘째."

첫째는, 적어도 겉으로 보기에는 한국 전체의 '대의'를 위해 서였다면 이제는 지극히 개인의 영달을 위한 조건이다.

"세르니아 던전의 소유권을 인정. 물론 레이드 시 드랍되는 모든 아이템 및 경험치 등. 레이드로 발생되는 유무형적 모든 산물은 제 겁니다."

"당연합니다!"

로랑의 얼굴이 조금 밝아졌다.

'역시……!'

절대악은 상식적인 사람이다. 이것을 빌미로 과도한 이득을 취하려는 거 같지는 않다.

'제발……!'

다들 이렇게 상식적이면 좋겠는데.

"셋째. 전적으로 로랑 님과의 관계를 생각하여……."

"……."

로랑은 묘한 감동을 느꼈다. 이거 제대로 발표해야 한다. '로 랑과의 관계를 생각하여'라고 했다.

'이로써 흑흑 연합에 8장의 날개가 생길 것이다!'

무려 절대악이 저렇게 얘기해 주는 것 아니겠는가! 절대악이 우리와의 관계를 생각해서 얘기를 해주는 거다. 희미한 전율이 일었다.

"아이템 전송소를 재설치하는 것을 추진하겠습니다."

"저, 정말입니까?"

"다만 아이템 전송소에서 발생하는 수익의 10퍼센트를 제 몫으로 가져가겠습니다. 이에 동의하신다면 재설치를 하도록 하죠."

이건 혼자서 결정할 수 있는 문제가 아니다. 하지만 로랑은 한주혁의 손을 덥석 잡았다.

"당연히 동의합니다!"

그래. 없는 것보다는 훨씬 낫지. 아이템 전송소 설치로 100조쯤 내놔라. 이래도 할 말 없다. 중국은 지금 절대악에게 대단히 무례를 저지른 상황이니까. 그런데 저 정도면 정말 싸게 먹힌 거다.

"넷째. 헬하운드 목장의 완전 소유권을 완벽하게 인정하고 서류화하여 증거를 남겨주세요. 중국 플레이어들은 헬하운드 목장을 공격도 할 수 없어야 합니다."

다시는 중국에서 잡음이 나지 않도록.

"당연합니다."

한주혁이 다시 한번 강조했다.

"흑흑 연합의 지속된 화해 제스처에 마음이 움직였습니다.

가까운 시일 내에 문 타이거를 사냥하러 가겠습니다."

가까운 시일이라면 정확히 언제쯤입니까? 묻고 싶었지만 그럴 수 없었다. 역시 절대악은 상식적인 사람이었다. 상식선에서, 과하지 않게. 중국이 들어줄 수 있는 한도 내에서 최대의 이익을 가져갔다.

'아니. 사실상 그렇게 큰 이익도 아니야.'

세르니아 던전도 어차피 절대악이 없었으면 활성화 안 됐을 거고, 아이템 전송소도 어차피 절대악 없으면 못 만드는 거고, 헬하운드 목장은 원래 절대악 거다.

'이래서 다들……'

이래서 한국인들이 절대악을 영웅으로 취급하며 형렐루야, 형멘을 외치는 게 아닌가 싶다. 적어도 이 순간만큼은 그도 외치고 싶었다.

'형렐루야, 형멘!'

시르티안 밑에서 실무를 배우고 있는 마르칸은 감탄하며 시르티안에게 말했다.

"형렐루야 가입자 수가 거의 천만에 달하고 있습니다."

"그거야 당연한 것 아니겠는가."

이번 중국과의 거래 아닌 거래로 인하여 절대악의 위상이 더더욱 높아졌다. 마르칸은 순수하게 또 감탄했다.

"한국 대다수 국민들의 삶. 그 삶의 질까지도 책임지고 계신 것 같습니다."

중국의 무역 보복 때문에 숨 막히고 있던 수많은 '대중국 중소연합'의 숨통이 트였다.

"한국 외교부가 하지 못한 일을 주군께서 전부 해내고 계십니다."

"주군께서 새로운 역사를 쓰고 계신 것이지."

마르칸은 새로운 세계를 보았다. 그 역시 대연합 출신이다. 나름 자기가 엘리트라고 생각했었다. 그러나 절대악을 보니 아예 수준이 다르다.

말 몇 마디로 중국을 움직이고 있다. 중국의 일방적인 무역 보복 때문에 피해를 입고 있던 수많은 중소연합이 절대악을 적극적으로 지지하고 나섰다. 그에 따라 한국의 여론이 움직였고, 진정한 의미의 리더라고 부르는 사람까지도 생겨났다.

시르티안이 말했다.

"중국이라는 모질이들 집단도 이번에 많은 인식의 변화가 있을 것이야."

"인식 변화요?"

"상식적인 선에서 얻을 수 있는 것은 얻되, 얻지 말아야 할 것은 얻지 않는 것. 그것이 중국에도 커다란 영향을 끼칠 테지."

절대악이 이렇게 얘기했다. 강재명 비서실장을 통해 공개된 내용이다.

-중국과의 관계는 여전히 불편하다. 중국 내에서 나에 대한 여론이 나쁘다는 것을 안다.(실제로는 친절대악과 반절대악이 나뉘어서 치열하게 싸우고 있지만, 일단 한주혁은 저렇게 얘기했다. 거짓말은 아니니까) 정부 고위 인사가 내게 압력을 가하는 것도 모자라, 한국의 대통령 권한대행까지 움직였다는 심증이 있다.

그러나.

-중국 내 수많은 영지가 무너지고, 중국의 수많은 시민이 일자리를 잃고 힘겨워하는 것을 더 이상 두고 보기가 어렵다.

급한 퀘스트는 끝을 냈으니 이제는 중국의, 어려움에 처한 수많은 인민을 위하여 움직이겠다고 했다.

실제로 중국 내에서도 여론이 움직이기 시작했다.

"그렇게 과한 요구는 하지 않았다던데?"

"절대악이 내건 조건이……. 자기 부귀영화를 위한 건 거의 없어. 거의 다 양국 서민들을 위한 거더라고."

그렇게 포장되었다. 실제로도 그게 어느 정도 맞기도 했고.

"그러니까 자기의 이득은 그렇게 크지 않다는 거네."

있기는 있다. 그러나 그렇게 크지 않다. 대중은 그렇게 받아들였다. 진짜로 절대악이. 자신들을 위해서. 한국과 중국의 대다수 서민을 위해서. 그래서 마음먹고 움직이는 거다. 겉으로 보기에는 그랬다.

반절대악파에 있던 수많은 사람들이 이번 사태로 인하여 친

절대악파로 돌아섰다.

"이래서…… 한국의 영웅이라는 건가?"

"절대악이 자기 탐욕을 위해서 중국을 이용한다고 주장했
던 과거의 나를 죽여 버리고 싶다."

"그거 아냐?"

"뭐?"

"요즘 유행하는 말인데……."

한국발 유행어. 형렐루야 형멘. 그게 중국에도 조금씩 퍼지
기 시작했다.

친절대악파에 속해 있던 사람들을 중심으로 형렐루야 형멘
이 퍼지기 시작했으며, 절대악에 대한 우호 여론이 미친 듯이
꽃피웠다. 과연. 카를로스 대평원의 화재를 잡고 세계 평화를
위해 노력하는 세계적인 영웅다웠다.

한편, 한세아가 싱글벙글 웃었다. 오늘은 기분이 아주 좋다.

"오빠야."

"응?"

"이제 또 폭업하겠네?"

중국은 지금 짐승형 몬스터들의 천국이다.

"아직 256배 버프 안 끝났지?"

"응. 근데 3일밖에 안 남았어."

"그래서 그렇게 받아들이기 쉬운 조건만 내건 거야? 빨리빨

리 처리하려고?"

한세아의 미소가 짙어졌다. 뭐 아무럼 어때. 너 좋고 나 좋으면 다 좋은 거지. 오빠는 세계의 영웅이 되고. 경험치 256배로 폭업도 하고. 심지어 거기에는, 안 그래도 폭업의 대명사. 성좌 퀘스트 던전까지 있으니. 모든 게 다 좋은 거 아니겠는가. 게다가 새로 얻은 스킬도 써보고.

"중국과 중국 시민들의 위험을 빠르게 처리해 주고 싶은 영웅심의 발로…… 라고 알려져 있는데 사실 반은 뻥인 거네."

좋았다. 오빠 짱이다. 엄지를 척! 들어 올렸다. 천세송도 방긋 웃었다.

"그럼 이제 스킬 실험해 볼 수 있겠네요!"

레벨 100을 돌파하여 절대악이 얻은 스킬들. 그것들이 얼마만큼 강력한지. 어떤 능력을 가지고 있는지. 천세송도 궁금했다.

한주혁에게 팔짱을 꼈다.

"오빠는 분명 킹왕짱 셀 거예요."

한세아가 물었다.

"근데 오빠. 이번에 얻은 스킬이 뭐였지? 두 개 아니었어? 하나는 속박이었고. 하나는?"

용병왕 푸락셀의 '헐렐루야 형멘!'.

즉, 무조건적인 항복과 전투 의지 상실로 인하여 퀘스트 '용병왕의 분노'가 클리어됐다. 사실 한주혁도 반드시 델리트를 시켜야만 하나, 그러려면 좀 귀찮을 거 같은데. 이브이로 몇 번을 죽여야 델리트되지? 와 같은, 어렵다기보다는 성가실 수도 있다는 생각을 했는데 생각보다 훨씬 쉽게 클리어됐다.

-퀘스트. '용병왕의 분노'가 클리어되었습니다.
-퀘스트. '용병와의 분노' 클리어 보상이 주어집니다.

스케일이 상당히 컸다. 프루나 전체를 뒤덮었을 정도의 스케일. 이 정도 퀘스트면 못해도 레전드급 이상의 아이템 하나쯤은 주겠지. 한주혁은 그렇게 생각하며 기대했다.

-아이템 '용병왕의 철퇴'가 보상으로 주어집니다.

한주혁은 인상을 찡그렸다.
'용병왕의 철퇴?'
이거. 왠지 느낌이 별로다.
'철퇴라면⋯⋯.'
용병왕 푸락셀이 사용하는 그 무기와 비슷한 무기 같은데. 그 약해빠진 NPC가 사용하는 아이템이라면 그다지 별 볼 일 없지 않겠는가.

'인벤토리.'

<용병왕의 철퇴>

용병왕을 증명하는, 혹은 용병왕 이상의 강력한 힘을 증명하는 왕의 증표. 강력한 공격력을 자랑한다.

등급: 레전드

특수 능력:

　1) 짐승형 몬스터에게 추가 데미지 70퍼센트.

　2) 분노 상태의 생명체 사살 시 아이템 드랍 확률 +70퍼센트.

+상세설명

처음에 특수능력 '1'만을 확인했을 때에는 그다지 의미가 없다고 생각했다. 여태껏 등장한 몬스터들 중 가장 강력한 짐승형 몬스터가 바로 '문 타이거'다. 지금 중국을 쑥대밭으로 만들고 있는 그 엄청난 개체 말이다.

'그래 봤자 문 타이거인데.'

그렇지만 한주혁에게는 '그래 봤자 문 타이거'다. 어차피 약하다. 추가 데미지 따위 없어도. 그냥 대충 가서 대충 치면 죽을 거다.

'근데…….'

2번 효과가 상당히 마음에 들었다. 상세설명을 열어봤다.

<상세설명>

용병왕의 철퇴의 특수기능을 사용하면 상대의 분노 게이지가 활성화됩니다. 분노 게이지가 빨간색으로 변하면 시스템상 분노 상태에 접어들었다 판단합니다. 분노 상태에 접어든 생명체를 '용병왕의 철퇴'를 사용하여 사살하면 아이템 드랍 확률이 70퍼센트 증가합니다.

현재 한주혁의 행운 스탯은 보잘것없었다.

다른 스탯들은 무려 180에 육박하며, 일반적인 방법으로는 레벨업을 거의 1,000번은 해야 하는 어마어마한 스탯을 가지고 있다지만 행운은 -44다.

일반적인 플레이어들보다 거의 50은 낮다. 다시 말해 한주혁이 정상적인 방법으로 때려서 아이템을 얻을 수 있는 확률은 거의 없다는 소리다.

'근데 열 받게 만들면?'

조금 번거롭기는 하다.

'싸울 때 잠깐 들어서 아이템 활성화하고.'

그리고 아이템을 다시 넣어야 한다. 잘못해서 그냥 치면 또 한 방에 죽는다. 열 받기도 전에. 열부터 받게 해야 하는 거 아니겠는가.

평범하지 않은 강력한 주먹으로 데미지를 없앤 뒤 싸우면서.

'열 받게 만든 다음.'

그 다음에 '용병왕의 철퇴'를 사용해서 죽이면 아이템 드랍 확률이 무려 70퍼센트다. 꼬꼬의 식탐 없이도 아이템을 얻을 수 있다는 얘기다. 잘만 활용하면 말이다.

'좋네.'

이 엄청난 스케일의 퀘스트를 클리어한 것치고는 그다지 엄청난 보상은 아니었다만 그래도 나쁘지 않았다. 현재 한주혁에게 필요한 것은 '한주혁을 더 강력하게 만들어주는 아이템'이 아니었으니까. 오히려 지금 당장은 더 강력해질 필요가 없지 않은가.

어쨌든 '용병왕의 철퇴' 자체가 엄청난 보상이라고 보기에는 어려웠다.

'하지만……'

더 좋은 건 두 가지 제약이 풀렸다는 거다. 하나는 광역 속박기인 '악의 결계'였고 또 다른 하나는 추적 스킬인 '악의 추격'.

한주혁이 어깨를 으쓱했다.

"그럼 한 번 가볼까?"

천세송이 방긋 웃으며 기다렸다는 듯 팔짱을 꼈다. 한 번 가보자는 것과 팔짱을 끼는 것 사이에는 그 어떠한 논리적 연관 관계도 없지만, 한주혁이나 천세송이나 둘 다 이상함을 느끼지 못했다.

천세송은 한주혁의 든든한 팔을 잡고서 속으로만 생각했다.

'오빠 또 엄청 멋있겠다!'

슬며시 이상한 생각도 들었다.

'오빠 닮은 아가 낳고 싶다……!'

괜스레 얼굴이 붉어졌다.

'취소! 취소!'

아가를 낳고 싶은 것은 틀림없지만 그 과정이 너무 부끄럽지 않은가. 이걸 실제로 말했다가는 오빠가 자신을 변태처럼 볼 거 같다. 그러면 큰일이다. 그럴 수 없다.

속마음을 들킨 것도 아닌데 굳이 화제를 돌리려고, 처음에 생각했던 말(오빠 또 엄청 멋있겠다, 라고 생각한)을 또 굳이 입으로 내뱉었다.

"오빠 또 엄청 맛있겠다!"

한주혁이 피식 웃었다. '아, 아, 아니. 머, 머, 멋있겠다!'를 말한 거예요. 나 이상한 변태 아니에요. 라고 혼잣말로 부정하는 천세송이 귀여워서 머리를 슥 쓰다듬었다.

전 세계는 절대악의 이번 행보에 대하여 영웅의 행보보다 어떻다 말이 많았지만 한주혁은 그렇게 진지하게 생각하지 않았다.

"알아, 알아. 말 실수한 거. 실수 아니면 더 좋겠지만."

"오, 오빠!"

"그럼 중국 데이트 한 번 가볼까?"

문 타이거는 중국을 쑥대밭으로 만들었다.

스스로 궤멸시킨 영지가 거의 100개에 달했으며, 문 타이거의 새끼라 할 수 있는(그래도 레벨 100이 넘는) 문 타이곤 10마리가 영지 200여 개를 무너뜨렸다.

문 타이거가 낮게 울었다.

크르르릉-!

인간 따위는 나의 상대가 되지 않는다. 감히 인간들이 나의 땅을 지배하려 들다니. 아주 가소롭구나.

시간이 흐르면 흐를수록 문 타이거는 자신감에 가득 찼다. 그리고 시간이 흐르면서 '그 인간'에 대한 공포감도 점점 옅어져 갔다.

'그 인간'에 대한 공포감이 사라지면서 오히려 '인간'에 대한 적개심은 더 타올랐다. 감히 자신을 도망치게 만든 그 작은 놈. 인간 주제에 백수의 제왕, 나 문 타이거를.

흑흑 연합의 로랑에게 보고가 올라갔다.

"처음에는 인간들에 대해 경계를 좀 했던 거 같습니다만……. 지금은 전혀 그렇지 않습니다."

'저주받은 세니아 던전'이 자리하고 있는 '라망투 영지'에서는 분명히 그랬다.

"인간들을 먹잇감으로 생각하고 있습니다. 경계심이 거의 사라졌다고 보면 될 것 같습니다. 지능은 인간보다는 훨씬 낮은 수준입니다."

그 말을 달리 해석하자면 그리 어렵지 않다. 인간도 시간이 지나면 공포에 무감각해진다. 무엇이 진짜 무서운지 제대로 기억하지 못한다. 지능이 높은 인간도 망각이란 걸 한다. 하물며 그보다 지능이 낮은 문 타이거의 경우는 더욱 심한 듯했다.

로랑은 잠시 생각에 잠겼다.

'그런 모습을 보였다는 건……. 놈이 처음에는 인간을 두려워했다는 말도 된다.'

절대악이 중국을 돕겠다고 발표한 지금 이 시점. 세계 언론들이 떠들고 있다. 문 타이거가 정말로 절대악에게서 도망치기 위해 워프를 했다는 주장과, 전혀 그렇지 않다는 주장. 그저 달빛의 기운이 강력한 곳으로 이동했다는 주장.

처음에는 전자가 설득력이 있었다. 그러나 중국이 이렇게 무방비하게 무너지게 되면서 후자가 더 설득력을 갖게 됐다. 이를테면 이런 거다.

-그 대단한 중국을 저렇게 망가뜨릴 수 있을 정도의 몬스터인데 뭐가 무서워서 사람 한 명을 피해 도망치겠는가?

상당히 많은 수의 사람들이 그렇게 생각했다. 그리고 그렇게 생각하는 것이 상식에 맞기도 했다.

특히나 중국인들의 경우, 그렇게 생각하는 사람이 90퍼센트 이상이었다. 그래서 절대악이 중국으로 지원을 온다고 해도, 그래도 중국 플레이어들이 나서서 커다란 도움을 줘야 할 거라고 생각했다.

"연합장님. 저희는 절대악을 도와 무엇을 하면 됩니까?"

"도움?"

로랑은 세상 사람들과 조금 생각이 달랐다.

"우리가 돕는다고 뭐가 달라지지?"

"그, 그래도……. 뭐라도 할 수 있는 건 해봐야 하지 않겠습니까? 아무리 놈이 강력해도. 분명 방법이 있을 것입니다."

"뭔가 반대로 생각하고 있는 거 같은데."

로랑이 한숨을 푹 내쉬었다. 사람들이 이렇다. 이렇게 객관적인 눈이 없다. 흑흑 연합의 플레이어가 이럴 정도니 말 다했다.

"우리가 할 일은 그저 절대악이 데이트를 잘할 수 있는 명소만 잘 고르고 추리고 안내만 잘하면 되는 거야."

"……예? 데이트요?"

무슨 말인지 모르겠다. 갑자기 데이트라니.

"우리에게는 인생 최대의 위기일지 모르나 절대악에게는 그저 데이트 정도라는 얘기지. 위기라는 건 항상 상대적인 거니까."

파이라 대륙의 부호. 란돌 같은 사람에게 빚 1,000억이 생기면 애초에 생길 수도 없지만, 그건 위기가 아니다. 그러나 일반인에게 빚 1,000억이 생기면 그건 일생일대의 위기다. 지금 중국 상황이 그렇다. 적어도 로랑이 생각하기에는 그랬다.

"언론들이 말하는 것은 골라 들어야 해."

언론은 중국 플레이어들이 나서서 절대악을 도와야 한다, 어쩐다 말이 많다. 애초에 그들은 문 타이거가 절대악 때문에 도망쳤다는 것을 믿지 않으니까.

"다시 한번 말하지만 우리가 나서서 뭘 할 건 없어. 우리가 뭘 하든 절대악에게 방해만 될 테니까."

세계 언론이 중국의 상황에 집중했다. 전대미문의 강력한 몬스터의 등장. 짐승형 몬스터들의 결집. 레벨 100대의 새로운 몬스터들 출몰. 중국은 쑥대밭이 되었다.

블랙샤크가 책상을 쾅! 내려쳤다.

"젠장."

하필이면 지금 이 때. NPC들의 여력이 하나도 없고, 영웅이어야만 하는 자신은 뒷전이 되고, 절대악이 또다시 영웅으로 추앙받고 있다.

세계의 영웅은 자신이어야 했다. 저기 작고 작은 나라. 작아서 별 볼 것도 없는 나라인 한국 출신이 아닌, 위대한 큰 나라. 세상의 중심. 중국인인 자신이 되어야 했다.

"네가 절대악을 방해해."

"……예?"

비스트 마스터는 자신의 귀를 의심했다. 방해하라니. 지금은 중국의 위기 상황 아닌가.

"할 수 있잖아."

"그, 그건 그렇습니다만……."

"지금 이 상황에서 절대악이 문 타이거를…… 정말로 잡으면 우리의 입지가 줄어들다 못해 없어진다는 거. 잘 알고 있을 텐데."

급속도로 성장한 스베너 연합이다. 급속도로 망하는 것도 어렵지 않다.

"지금은 놈이 절대 성공 못 하게 막아야 한다. 내 말 알아들어?"

"……."

비스트 마스터는 고개를 끄덕였다.

"시간이 있었다는 것이……. 우리에게는 천운이군요."

저번에 문 타이거에게 잡아먹혔다. 그 이후로 스베너 연합이 문 타이거와 싸우면서 2번의 죽음을 더 경험했다. 다시 말해, 문 타이거에게 무려 3번 죽었다.

'3번 죽으면…….'

그것도 짐승형 몬스터에게 그러면 비스트 마스터의 특별한 능력이 활성화된다.

"할 수 있겠지?"

"물론 할 수 있습니다."

절대악을 방해하기로 했다. 절대악이 이 레이드를 절대로 성공하면 안 됐다. 그게 스베너가 살아남는 길이라고 생각했다. 블랙샤크가 실패했으면 절대악도 실패해야만 한다. 그게 블랙샤크가 생각하는 정의다.

그리고 절대악이 중국 기반 대륙으로 이동했다는 속보가 전해졌다. 절대악의 행보는 가히 파격적이었다.

-레벨 100대 몬스터. 문 타이곤 1마리 사살!

거의 동시간에.

-문 타이곤 2마리 사살!
-문 타이곤 3마리 사살!

시간 차가 그다지 없었다. 근처에 있던 레벨 100대 몬스터를 철퇴 세 방으로 때려잡았단다.

블랙샤크는 속보를 보면서 저도 모르게 중얼거렸다.

"미친 새끼……"

확실히 저놈은 미친놈이었다. 아무리 그래도 그렇지. 어떻게 레벨 100대 몬스터를 공격 한 방으로 죽여 버릴 수 있단 말인가.

'그렇지만 너는 중국의 영웅이 될 수 없다!'

아무리 강하더라도. 중국의 영웅은 자신이어야 했다.

문 타이곤이 3마리 사살된 그 시점. 라망투 영지 근처에 파견 나가 있던 흑흑 연합 플레이어들에게 놀라운 알림이 들려왔다.

'이, 이 알림은……!'

문 타이거는 이상한 기분이 들었다.

크르르릉-!

낮게 울었다.

뭔가 이상한 기분. 뭔가가 일어날 것만 같은 그런 기분. 바람이 오늘따라 유독 차갑게 느껴졌다. 털이 쭈뼛쭈뼛 섰다. 그래서 조금 예민해졌다. 예민해진 덕분에 영지 하나를 또 궤멸시켰다.

그렇다. 기분이 꿀꿀할 때에는 인간을 사냥하는 것이 가장 재미있다.

크르르릉-!

그런데 왜 계속 불안하지.

얼마 후. 문 타이거는 알 수 있었다.

크허어어엉-!!

문 타이거가 울부짖었다. 눈에 넣어도 아프지 않을 새끼들 10마리 중 3마리가 죽었다는 사실을 알게 됐다. 아직 새끼라서 너무나 연약하고 어린아이들. 그 아이들이 무참하게 살해당했다.

문 타이거는 분노했다. 감히 자신의 새끼들을 죽인 원수를 찾아야 했다. 레벨 300대의 보스 몬스터답게. 라망투 인근에 전체 알림이 들려왔다.

경고 알림이었다.

-문 타이거가 분노 상태에 접어들었습니다.
-문 타이거의 전투력이 20퍼센트 상승합니다.
-문 타이거의 기감파악 반경이 100퍼센트 상승합니다.

상당히 자세하고 구체적인 경고가 이어졌다. 기감파악 반경이 넓어졌으니 주변의 플레이어들은 대피하라는 알림이었다. 혹혹 연합을 필두로 하여 플레이어 대피령까지 내릴 정도였다.

어벤져스 연합의 캡틴은 두 주먹을 불끈 쥐었다.

"우리만 이대로 도태될 수는 없지."

"도태…… 말입니까?"

어벤져스가 어디 가서 어떻게 도태된단 말인가. 미국에서도 손꼽히는 연합 아닌가.

"잘 생각해 봐. 혹혹 연합이 이번에 절대악에게 적극적으로 구애하면서 절대악과의 호감을 쌓았어."

"예. 물론 그렇죠."

부관이라 할 수 있는 스미스는 조금 의아했다. 그렇다고는 해도 도태라니.

"흑흑 연합만 잘 보이면 안 되는 거잖아."

"……예?"

"우리도 잘 보여야지. 그래야 아이템 전송소도 설치하고. 추후에 나타날지 모르는 재해급 몬스터도 잡고."

"……그건 그렇습니다만……."

"스미스. 지금 우리 어벤져스의 능력도 충분히 강력하다고 생각하고 있는 거지?"

"……."

정곡을 찔린 스미스는 아무 말도 못 했다. 캡틴 역시 대단한 플레이어다. 미국이 낳은 영웅 중 하나 아닌가. 저렇게까지 절 대악 의존적인 발언을 할 필요까지야 있나 싶다.

"말했잖아. 세계는 이미 커다란 변화의 물결에 휩쓸리고 있는 중이라고. 이 물결 속에서 살아남으려면 줄을 잘 서야 해."

그 변화의 중심. 폭풍의 핵은 절대악이다. 캡틴은 그렇게 판단했다.

"블랙샤크가 가만히 있을 리 없지."

그래서 명령을 내렸다.

"블랙샤크의 동태를 관찰하고…… 특히 그 비스트 마스터라는 놈에게 미행을 붙여."

안 그래도 조금 이상했다. 일부러 나서서 자꾸 문 타이거에게 죽는 모습을 보였다. 뭔가 꾸미고 있는 것이 틀림없다.

캡틴이 회심의 미소를 지었다.

'좋아.'

이걸로 절대악한테 점수를 딸 수 있겠지.

'제발 비스트 마스터가 뭔가를 해주면 좋겠군.'

처음에 세계는 반신반의했다. 정말로 문 타이거가 절대악 때문에 도망쳤느냐, 그렇지 않느냐에 대해 찬반여론이 뜨겁게 불타올랐을 정도로.

JTBN 채널이 뜨겁게 불타올랐다. 몇몇 굵직한 사건들을 거쳐서 이제는 세계 유수의 방송과도 그 어깨를 나란히 하는 채널로 자리 잡았다.

현재 동시접속자 숫자는 무려 5,000만 명. 5,000만 명이 실시간으로 JTBN 채널을 시청했고 JTBN 접속자들은 각자의 언어로 떠들었다.

-이게 말이 됨?
-말이 안 됨. 그러니까 절대악임.

절대악은 말도 안 되는 일을 또 선보였다. 레벨 100대 몬스터를 한 방에 때려잡는 기염을 토했다.

한국 플레이어들은 묘한 감동에 휩싸였다. 타국 플레이어들이 JTBN에 접속해서 절대악에게 놀라는 모습을 보며, 3충성은 기이한 열망에 사로잡혔다.

'이것이 바로 국뽕이지!'

그렇다. 내 비록 틀린 분석으로 고통찔레꽃에 고통을 받았지만 그래도 이런 건 기분이 좋다. 전 세계 각국이 한국이라는 작은 나라에 관심을 갖기 시작했다. 그리고 이곳까지 찾아들어와서 절대악의 행보를 보고 있다.

'형렐루야 형멘!'

아무에게도 말하지 않았지만 그 역시 형렐루야의 소속원이다.

해외의 플레이어들이.

-와. 진짜 대박임.

-문 타이곤 세 마리를 순식간에 사살함.

……라고 놀라는 사이, 3충성을 비롯한 한국 플레이어들은 묘한 우월감을 느꼈다.

-저게 뭐가 놀라움?

-주먹으로 안 잡고 무기를 쓴 게 놀라운 건가?

확실히 한국인들이 보기에 저건 놀라웠다. 어째서 주먹이 아닌 철퇴로 때려잡은 걸까. 그 대단하다는 발록과 이프리트도 맨손으로 때려잡은 전무후무한 플레이어 아닌가.

-그건 확실히 놀랍겠네. 악느님이 무려 무기를 사용하셨음.

절대악에 대해서 자세히 모르는 해외 플레이어들은 의아했
다. 도대체 무기를 사용한 것이 뭐가 그렇게 놀라운 일이란 말
인가. 그들이 보기에 한국인들은 좀 이상했다.
3층성이 또다시 분석력을 뽐냈다.

-드디어 절대악이 무기를 찾은 것임.

무려 절대악이 사용하는 무기다.

-저 무기의 등급은 최소 레전드급. 아니, 신급일 확률이 높음. 안 그래도
무적인데 거기에 신급 무기까지 획득함.

그리고 더욱 좋은 것은.

-라망투에 드랍되어 있는 또 다른 레전드급 아이템이 있음.
-다크소드 까지 주우면 블랙샤크랑 협상도 할 수 있을 듯.

저번에 블랙샤크가 드랍했던 레전드급 명검 다크소드도 라

망투에 있다. 이번 레이드에 있어서 모든 획득물이 절대악의 소유이므로 중국은 그것의 소유권도 주장할 수 없는 상황.

문 타이거가 분노했다는 알림이 들려오자 3충성은 확신했다.

-악느님이 철퇴를 가지고 왔다는 것은 그만큼 문 타이거가 강력하다는 뜻임. 문 타이곤을 상대로 철퇴에 익숙해지고, 그 이후 문 타이거를 철퇴로 때려잡을 생각임. 지원군이 없음. 혼자서 사냥할 수 있다는 자신감을 표출하는 것임.

이제 3충성은 더 이상 절대악이 '레이드에 실패할 것이다'라는 분석 따윈 내놓지 않았다. 어차피 성공은 할 거다. 그건 확실했다.

적어도 3충성은 그렇게 생각했다. 아니, 그렇게 생각하기로 했다. '이오빠가내오빠다'와의 내기에서 져서 얼굴에 고통찔레꽃을 붙였을 때의 그 고통은 다시 생각하기도 싫다.

'절대악이 무조건 이긴다……!'

그 고통은 절대악이 무조건, 그 어떤 불가능한 상황에서도 결국은 승리한다는 공식을 머릿속에 심어주었다.

그사이, JTBN 채널이 또 후끈 달아올랐다.

-또 잡았다!
-와. 이거 벌써 몇 마리째임?

중국 상위급 플레이어 수십 명이 팀을 모아 며칠이나 레이드에 나서야만 하는 레벨 100대 몬스터. 문 타이곤을, 겨우 30분도 안 되는 짧은 시간 동안 네 마리나 사살했다.

　-미쳤다. 진짜 미쳤다.

　한국 플레이어들은 자부심을, 외국 플레이어들은 경외감을 느꼈다.

　-절대악이 대단하다더니 진짜네.
　-문 타이곤을 한 방에 때려잡다니.

　이 정도면 정말로.

　-문 타이거를 잡을 수 있겠는데?

　그래서 다들 기대했다. 절대악이 이렇게 강력하다면. 문 타이거를 정말로 잡을 수 있겠구나.

　-경고 알림이 계속 이어진다 함.
　-문 타이거가 분노했다는 알림이라는데?

-헐. 문 타이거 안 그래도 강력했는데…… 더 세지는 건가?

실제로 문 타이거의 몸에서 피어오르는 달빛 아지랑이가 점점 더 세지기 시작했다.

JTBN의 이상호 기자가 실시간으로 상황을 전달했다.

-문 타이거가 더욱 강력해졌다는 알림이 이어졌습니다. 중국에서는 전체 플레이어에게 대피령을 내리고 있는 상황입니다!

한주혁이 피식 웃었다.

'애네들을 상대로 무슨 연습이냐.'

문 타이곤은 설정상 어린 몬스터다. 겁이 없다. 그냥 마구잡이로 덤벼든다. 그래서 그냥 냅다 팼다. 냅다 팼더니 냅다 죽었다. 다시 말해 너무 약했다. 분노하게 만들고 자시고 할 것도 없었다.

이제 한주혁 본인도 자신의 강력함이 어느 정도 익숙해졌다. 세계인이 얼마만큼 경악하고 있을지는 전혀 신경 쓰지 못한 채, 보이는 족족 한 방에 때려잡았다.

-스킬. 악신강림을 사용합니다.

그리고 주변은 짐승형 몬스터들의 천국. 한주혁에게 있어서 이곳은 천국이나 다름없었다. 아직 경험치 256배 버프를 받고 있으니까. 한 마리만 때려잡아도 256마리를 잡은 것과 비슷하다.

악신강림 한 방에 500마리가 넘는 짐승 몬스터들이 죽어나갔다. 수학적으로만 보면 약 13만 마리를 한 방에 때려잡는 것과 비슷하다.

'곧 레벨업이네.'

레벨업 난이도가 극악하다는 올림푸스지만, 한주혁에게 있어서 그런 것쯤은 문제가 되지 않았다.

한주혁도 알림을 들었다. 문 타이거가 분노했단다. 아주 좋다. 그래서 문 타이곤을 또 잡았다. 새끼를 잡으니 어미가 분노하는 것 같다.

제9장로. 팬더로부터 보고가 올라왔다.

-문 타이거가 방향을 잡았습니다.

이제야 이쪽을 눈치챈 것 같다. 이쪽을 향해 질풍같이 달려오고 있단다.

'좋네.'

먹잇감이 알아서 다가와 준단다.

세계 언론은 더욱 뜨겁게 달아올랐다.

-중국을 폐허로 몰아넣을 뻔한 문 타이거. 전력질주.

-카메라가 따라잡을 수 없는 움직임!

파견된 기자들은 세계에서도 내로라하는 기자들이다. 언론인과 관련된 수많은 히든 클래스들이 파견됐다. 그들도 문 타이거를 쫓지 못했다. 그나마 문 타이거를 쫓던 기자들은 문 타이거에 의해 사살됐다.

그리고 얼마간의 시간이 흘러.

-문 타이거. 절대악과 조우!

문 타이거와 절대악이 만났다. 한주혁은 기회를 놓칠 생각이 없었다.

'이 새끼. 또 도망치면 안 되지.'

그래서 처음으로 사용하기로 했다.

-스킬. 악의 결계를 사용합니다.
-스킬. 악의 추적을 사용합니다.

둘을 함께 걸었다. 이제 워프는 못 할 거다. 한주혁이 문 타이거에게 가까이 다가갔다. 중국을 공포로 몰아넣은 세계 최강의 몬스터. 그 몬스터는 이제 도망칠 수 없다. 분노 때문인지 그걸 제대로 인식하지는 못하고 있는 것 같지만.

"이제 도망은 못 칠 거야."

크르르릉-!

문 타이거가 저주파를 쏘아냈다. 모든 생명체를 공포에 물들게 만든다는 피어를 발사했다. 그러나 한주혁에게는 그 어떠한 영향도 끼칠 수 없었다. 파천심공이 피어를 완벽하게 방어했다.

"너 그래 봤자 레벨 300이라며?"

자신의 레벨은 100대다. 레벨 역보정이 많이 이루어지긴 할 테지만, 그래도 기본적인 스탯이 지나치게 높다. 기본 스탯으로만 치면 무려 레벨 1000에 육박한다. 심지어 그 스탯을 가진 클래스가 절대악이다.

"요 며칠 안 봤더니 많이 건방져졌네. 이래서 참. 망각이 무서운 거야."

상황을 지켜보던 해외 플레이어들은 긴장했다. 기자들도 너무 가까이 다가가는 것은 불가능한 듯했다. 그래서 절대악이 뭐라고 말하는지까지는 들리지 않았다.

"그치? 안 맞으면 좀 덜 무섭지?"

한주혁이 걸음을 옮겼다. 세계 플레이어들은 또다시 의외의 상황에 고개를 갸웃했다.

-어. 그런데 왜 무기를 갑자기 집어넣음?

-뭐지? 왜 무기를 넣지?

무기가 맨손보다 강력한 것은 틀림없는 사실이다. 문 타이곤을 잡을 때는 철퇴를 사용하고, 왜 문 타이거를 잡을 때는 맨손이란 말인가.

한주혁은 분노 게이지를 확인했다. 주황색이다.

'제대로 활성화하려면 빨간색이 필요해.'

그래서 아이템 몇 개를 꺼내 들었다. 꼬꼬가 강력한 식탐으로 얻어낸 '문 타이곤의 고기'였다.

크허어어어엉-!!

문 타이거가 포효했다. 새끼의 시체를 본 것 같은 격렬한 모양새. 눈에 시뻘겋게 달아올랐다.

주변에 남아 있던 기자들은 머리가 아플 지경이었다. 이 정도로 요란한 경고음은 들린 적이 없다.

띵! 띵! 띵! 띵!

보스 몬스터 존이 선포되었단다. 몬스터 존이 선포되면 도망칠 수 없단다. 몇 안 남은, 기자들. 그들은 모두 베테랑이다. 그들도 긴장했다.

'이 무슨······.'

이렇게 심각한 경고음을 울릴 정도면 문 타이거가 정말로 대단한 몬스터이며, 그만큼 강력한 힘을 가지고 있다는 것을 방증인 것 같다.

'설마······.'

절대악이 서 있는 모습은 그다지 위협적으로 보이지 않았다. 아지랑이를 피어 올리고 있는 문 타이거에 비하면 한없이 작고 약해 보였다.

'설마 절대악도 패배를 직감하고 있는 건 아니겠지.'

어쩌면 자신이 질 것을 알고 있음에도, 그래도 세계의 영웅으로서의 책임을 다하기 위해 이곳에 왔을지도 모르겠다는 생각이 들었다.

현장에 급파되어 있는 기자들 몇은 그렇게 생각했다. 그렇게 생각할 수밖에 없을 만큼, 문 타이거의 기세는 대단했다.

그런데 절대악의 모양새가 조금 이상했다. 문 타이거의 앞발을 살짝 피해낸 절대악이 손가락으로 문 타이거의 코를 툭툭 건드렸기 때문이다.

'새로운 공략법인가……!'

기자들은 그 장면을 클로즈업했다.

'문 타이거의 약점인가.'

굳이 왜 철퇴를 집어넣었는가.

'레이드를 포기한 건 아닌 것 같다……!'

왜 맨손인가. 그리고 왜 또 굳이 전력을 다하지 않고 코만 툭툭 건드리는가. 전 세계가 집중하고 있는 만큼, 온갖 추측이 쏟아져 나왔다.

한주혁이 씨익 웃었다.

"이야. 드디어 빨간색 됐네. 제대로 열 받았어."

그리고 그제야.

"맞을 시간이 됐지?"

한주혁이 철퇴를 꺼내 들었다. 조건은 모두 완료됐다.

'얘도 대충 치면 한 방인가?'

그래서 한 방 쳐보기로 했다. 무기를 꺼내 든 절대악. 그가 철퇴를 휘둘렀다. 어떤 일이 벌어질지. 그 누구도 예상하지 못했다.

그 대단하다는 네티즌 분석가 3층성도 전혀 예측하지 못했던 일이 벌어졌다.

한주혁 본인도 놀랐다.

'어라……?'

용병왕의 철퇴에 데미지 감소 옵션이라도 붙어 있나.

'그건 아닌데.'

놀라웠다. 한 방에 죽지 않았다. 한주혁 본인보다 더욱 놀란 사람은 지금 JTBN 채널에 접속하여 상황을 실시간으로 보고 있는 루펜달이었다.

현실 속 루펜달은 의자에서 벌떡 일어섰다.

"엉?"

어떻게 이럴 수가 있단 말인가. 저런 한주먹거리도 안 되어 보이는 고양이새끼(문 타이거)가 형님의 일반 주먹도 아니고 무려 철퇴 공격을 버텨냈다.

"말도 안 돼."

형님을 믿는 마음이야 여전하지만 한 방을 버텨낸 몬스터가 있다는 사실이 놀라웠다. 방어에 특화되어 있는, 혹은 무기에 특화되어 있는 어떤 특수한 능력이 있는 게 아닐까 싶었다.

방문이 활짝 열렸다.

"누나! 무슨 일 있어? 왜 그래?"

"뭐가?"

"방금 비명 질렀잖아. 믿을 수 없다면서."

"내가 그랬어?"

그녀의 동생은 고개를 갸웃했다. 지금 보니 누나에게는 별일 없는 거 같다.

"누나도 저거 보고 있네. 지금 전 세계적으로 난리 났잖아."

"역시 그렇지?"

역시 그럴 수밖에 없다. 문 타이거 같은 쪼렙 등신이 감히 형님의 철퇴 공격 한 방을 버텨냈다. 이건 거의 기적에 가깝다.

"어. 한 방에 거의 죽여놨던데. 와. 진짜 절대악이 세긴 개센가 봐."

그러고서 그는 문득 생각난 듯 머리를 긁적거렸다.

"아, 미안. 내가 너무 흥분했지?"

누나는 어릴 적에 델리트를 당했다. 델리트를 당한 뒤로 충격이 너무 커서 올림푸스에 제대로 접속도 못 한다. 적어도 그는 그렇게 알았다.

'내가 먹여 살려야지.'

저렇게 예쁜 누나. 나라도 먹여 살려야지. 그는 오늘도 열심히 노력하기로 했다.

"걱정 마, 누나. 나 레벨 30 찍었어. 누나 하나 정도 먹여 살리는 건 일도 아냐."

그러고 보니.

"누나. 근데 선본다고 하지 않았어?"

"그런 거 안 봐."

"왜? 엄청 잘나가는 남자라던데. 내가 어지간하면 누나 양보안 해주려고 했는데 한국에서도 손꼽히는 사람이래."

"별로 안 땡겨."

지금 자신은 한국에서, 아니 세계에서 가장 손꼽히는 사람과 함께하고 있지 않은가. 그런 사람 옆에 있다 보니 다른 사람들은 좀 시시하게 느껴졌다. 연애나 결혼에 목이 마른 것도 아니고.

동생은 납득했다.

"하기야. 누나 정도 외모랑 성격이면 저기 뭐야. 절대악이랑도 사귈 수 있겠다."

한주혁과 루펜달은 문 타이거가 한 방에 죽지 않았음에 놀랐다. 그러나 세계인들은 전혀 다른 이유 때문에 놀랐다.

-이럴 수가. 문 타이거 빈사 상태.
-문 타이거 H/P 보임?
-나는 안 보임.

겨우 철퇴 공격 한 방에 문 타이거의 H/P가 거의 0에 가까워졌다. 만약 조금 더 데미지가 들어갔다면, 지금 문 타이거는 제자리에 서 있지도 못했을 거다.

-오오……!

졸지에 실업자가 되었던 수많은 중국 플레이어들도 환호했다. 이건 꿈이 아니었다. 진짜였다. 진짜가 나타났다.

-설마설마했는데.
-문 타이거가 절대악 때문에 도망쳤다는 건 거짓이 아닌 거 같다.

여태까지 말이 많았었다. 문 타이거가 절대악 때문에 도망친 거다, 그런 게 아니다. 그런데 이번 첫 번째 공격으로 인하여 확실히 드러났다.

-절대악 때문에 도망친 게 맞다.

-그렇지 않고서야 저럴 수가 없지.

겨우 공격 한 방에. 그것도 특별한 스킬도 없이 철퇴를 휘둘렀을 뿐인데, 중국을 공포의 도가니로 몰아넣었던 문 타이거가 거의 사망 직전까지 갔다.

-아무리 그래도 그렇지 어떻게 한 방에 저럴 수가 있지?

거기서 3층성은 새로운 사실을 알아냈다. 그의 분석력이 빛을 발했다.

-문 타이거를 사냥하기 위해 중국 플레이어 수천 이상이 달려들었었고 단순 계산으로 보면 문 타이거를 잡을 수 있었어야 함. 근데 못 잡았음. 개 강력한 놈 하나 잡을 때는 쪼렙 여럿보다 강력한 플레이어 하나가 훨씬 낫다는 게 증명된 거임.

사람들은 그 말에 수긍했다.

아무리 그래도. 절대악의 능력치가 아무리 높다 할지라도.

저렇게 해석하는 것이 상황을 제법 올바르게 해석할 수 있는 방법이었으니까.

학계에서 절대악의 행보는 레벨 역보정이나 '강력한' 몬스터를 잡을 때의 사냥 이론들을 재정립하고 있는 중이다.

3충성은 그걸 쉽게 풀어 썼다.

-일정 수치 이상의 강력함에 대응하기 위해서는 일정 수치 이상의 강력함이 필요함. 다시 말해 절대악은 그 '일정 수치' 이상의 '강력함'을 가지고 있는 '세계 유일'의 플레이어라는 뜻임.

3충성은 군이 작은따옴표(')를 많이 써가면서 열변을 토했다.

-쉽게 말해……

안 그래도 그도 중국 때문에 열이 좀 받아 있었다. 그의 부모님이 중국 여행을 갔었는데 한국인이라는 이유로 중국 택시 기사가 쫓아내고 음식점에서 쫓아냈단다.

스베너 연합이 주도한 '혐한 정서' 혹은 '혐절대악 정서'가 일반 국민들 사이에도 널리 퍼졌었다. 많이들 선동당했다.

-중국 플레이어 주옥밥들 몇십만보다 절대악 한 명이 더 센 거임. 중국의 졸렬한 무역 보복을 받고서도, 중국 국민들과 세계 평화를 위해 발 벗고 나선 거임. 비록 내게 수많은 고통을 선사하긴 했지만 역시 절대악은 절대악임.

3충성이 씨익 웃었다.

그는 오늘 자신이 해야 할 일. 그러니까 키보드 워리어로서의 책무를 다했다고 느꼈다.

컴퓨터 앞에서 그는 말했다.

"아름다운 밤이다."

3충성이 아름다운 밤에, 아름다운 마음으로 유려한 손놀림을 뽐냈다. 손가락이 부드럽게 움직였다. 기분에 취한 그가 키보드를 두드렸다.

-이로써 문 타이거는 바로 절대악에 의해 사살될 것임. 중국은 평화를 되찾을 것이 분명함. 그렇지 않다면.

댓글창이 폭주했다.

-어. 3충성이 또 내기 건다.

-내기 건다!

순간 3충성은 정신을 차렸다.

'어. 아니. 이게 아닌데.'

-역시! 그래야 남자지! 3충성! 형은 너를 적극 응원한다.

-상남자 충성충성충성!

기분에 취한 그의 손가락은 멈출 생각을 하지 않았다. 그의 손가락이 그의 의지를 벗어나서 마구 움직였다.

-다시 한 방에 문 타이거를 죽이지 못하면 장을 지지겠음!

괜찮을 거라 생각했다. 절대악이니까. 한 방에 거의 죽여 놨으니까.

'그런데 뭐지. 이 불길함은……!'

3충성은 불길한 예감을 애써 떨쳐냈다.

문 타이거는 직감했다.

크르릉-!

이건 답이 없다.

예전의 그 공포. 처음 이 인간을 마주쳤을 때의 오싹한 느낌이 다시금 스멀스멀 기어 올라왔다. 딱 한 번 얻어맞았을 뿐인데 머리가 흔들리고 천지가 개벽하는 것 같았다.

화가 난다. 하지만 분노 이상의 두려움이 온몸을 파고들었다. 도망쳐야 했다. 저 인간은 마주치면 안 되는 인간이다. 본능이 그걸 일깨웠다.

제왕으로서의 눈빛은 모두 사라졌다. 이제 문 타이거에게
남은 것은 도망쳐서 살아야 한다는 생존 욕구뿐.

도망치려고 했다.

크르릉?

그런데 도망칠 수 없었다. 문 타이거에게도 알림이 들렸다.

-특별한 결계에 사로잡혀 있습니다.

-도망칠 수 없습니다.

문 타이거는 사람의 언어를 모르지만 그래도 이해했다. 도
망칠 수 없다는 것을 직감으로 깨달았다.

저 인간. 저번에 봤을 때보다 더욱 강력해진 것이 틀림없었
다. 인간이 입을 열었다.

"마리안."

"네?"

"준비됐어?"

마리안(천세송)이 고개를 끄덕였다.

"준비는 됐어요. 그런데……."

"그런데?"

"사실 가능할지는 잘 모르겠어요. 레벨 격차가 너무 많이 나
서요. 원래 언데드화하기 전에 딱 보면 될지 안 될지 감이 오
는데……."

"얘는 안 될 거 같다?"

한주혁은 문 타이거를 슬쩍 쳐다봤다. 한주혁의 눈길을 받은 문 타이거는 뒷걸음질 치다가 이내 다리에 힘이 풀려 주저앉았다.

세계 언론은 그걸 놓치지 않았다.

-절대악과 눈이 마주친 문 타이거. 다리가 풀려 주저앉다.

절대악은 그야말로 세계의 올림푸스 역사를 새로 쓰고 있는 중이다. 레벨 300대 몬스터. 한 나라의 영지 수십 개를 홀로 궤멸시킨 미친 몬스터를, 눈빛만으로도 벌벌 떨게 만들고 있다. 상식이 깨졌다.

-한국에서도 커다란 이슈가 된 적이 있었습니다. 절대악이라는 존재가 200년간 존재해왔던 상식을 깨부쉈다고 말입니다.

그런데 이제 보니.

-한국뿐만 아니라 전 세계의 상식. 아니, 상식의 근본을 송두리째 흔들고 있습니다!

외부에서는 난리가 났지만 한주혁은 그다지 개의치 않았다.

이제는 그냥 그런가 보다 할 뿐이다. 문 타이거가 한 방에 죽지 않은 것이 놀랍다면 놀라운 일.

'아직 분노 게이지는 찬 상태고.'

분노 게이지 시스템에 있어서 한 번 차오른 게이지는 일정 시간이 지나야만 내려가는 것 같다. 용병왕의 철퇴가 가지고 있는 굉장히 괜찮은 능력.

'저 분노 게이지가 빨간색에서 주황색으로 내려가기 전에만 죽이면 되겠지.'

아직은 시간이 좀 있다.

"그래도 해봐. 아직 시간 조금 있으니까. 준비시간을 조금 더 줄게."

어차피 악의 결계 때문에 도망 못 치는 건 확인했다. 여차하면 악의 추적으로 쫓아가면 된다. 그래도 혹시 몰라 말했다.

"너. 내 말 알아듣지?"

한주혁이 문 타이거에게 가까이 걸어갔다. 문 타이거는 결국 배를 뒤집어 깠다. 살기 위해 발악했다. 제왕의 위신 따윈 없었다.

"아니다."

직접 수고할 필요가 없지 않은가.

"꼬꼬."

하늘을 날던 불꽃새. 꼬꼬가 땅으로 내려왔다. 꼬꼬는 문 타이거를 보며 동병상련을 느꼈다.

키엑.

너도 많이 맞았구나.

"도망치면 죽는다고 전해."

짐승형 몬스터를 상대할 때, 레벨이 높고 지능이 있는 몬스터를 상대할 때에는 이런 게 참 좋다. 의사소통이 되니까.

키엑.

그냥 가만히 있어. 그게 그나마 덜 아파. 내가 경험해 봤어. 그래도 말 잘 들으면 먹을 거 잘 줘.

문 타이거는 배를 뒤집어 깐 상태로.

크르릉-!

하고 낮게 울었다.

마리안은 약간 울상을 지었다.

"제가 이리저리 조건 맞춰보는데요. 아무리 해도 안 될 거 같아요. 조건 불충족이예요. 기본 레벨 차이가 너무 많이 나서."

"좀 패도 안 될까?"

어지간하면 패면 다 되던데.

크릉?

배를 뒤집어 까고 있던 문 타이거의 몸이 용수철처럼 튀어 올랐다.

키엑.

가만히 있어. 조금 아플 거, 많이 아프다?

결국 문 타이거는 공손히 제자리에 앉았다.

"그것만으로는 안 될 것 같아요. 개체값이 너무 높게 설정되어 있는데 저 개체값을 낮추는 방법이 없다면……."

그러면 뭐 어쩔 수 없지. 언데드화시켜서 잘 부려먹으려고 했는데. 우리 예쁜 세송이한테 꽤 강력한 고양이 몬스터를 선물해 주려고 했는데. 좀 아쉽네.

'그런데 쟤는 언제까지 저렇게 기회만 보고 있을 거지?'

그때 귓말이 들려왔다.

-캡틴입니다. 긴히 전해드릴 말씀이 있어 연락드렸습니다.

-혹시 그 연락이라는 게…… 제 뒤쪽 약 300미터쯤에서 마나를 피어 올리고 있는 남자 때문입니까?

-……알고 계셨습니까?

캡틴은 순간 절망할 뻔했다. 절대악으로부터 점수를 좀 딸 수 있으리라 생각했는데. 그래서 연락했는데 절대악은 이미 알고 있단다. 그래도 열심히 노력한 성의는 보여줘야 했다.

-저 남자의 클래스는 비스트 마스터입니다. 문 타이거에게 굳이 3번 사살당했고, 그 이후 저렇게 적극적으로 움직이고 있습니다. 아마 특별한 능력이 있을 거라고 짐작됩니다.

그리고 진심을 담아 말을 이었다.

-저놈이 뭘 어떻게 하든……. 절대악께는 그 어떤 위해도 가지 않을 것 같기는 합니다만.

상대가 누구인가. 세계의 역사를 새로 쓰고 있는 괴물 아닌가. 비스트 마스터가 아니라, 비스트 마스터의 할아버지가 와도 아무 짓도 못 할 거라 확신했다.

한주혁이 고개를 끄덕였다.

-감사합니다.

클래스명을 들었다. 비스트 마스터. 뭔가 있기는 있는 모양이다. 캡틴이 주먹을 불끈 쥐었다.

"봤냐?"

"……예? 뭘요?"

"아! 귓말이라 당연히 못 봤겠구나. 절대악이 '감사합니다'라고 했어."

"오. 진짜요?"

"그럼. 우리 어벤져스가 진짜 크게 한 건 한 거 같다."

한편, 한주혁은 씨익 웃었다.

'뭘 하긴 하려는 거 같은데.'

분노 게이지는 아직 차 있는 상태. 아직 시간은 있다.

'움직이네?'

드디어 비스트 마스터가 모습을 드러냈다. 몸을 투명하게 만들어주는 어떤 아이템을 사용하고 있어서 모습 자체는 보이지 않았지만 탐지에는 걸렸다.

그리고 무엇인가를 하기는 했다. 참 고맙게도.

비스트 마스터는 조심조심 걸어갔다. 다행히 절대악은 자신의 존재를 눈치채지 못한 거 같다. 사실 눈치채지 못한 게 아니라 신경 쓰지 않을 뿐이다.

저만치 멀리 하루살이 한 마리가 날아다닌다고 해서, 그것에 극도로 예민하게 구는 사람이 얼마나 있겠는가. 한주혁은 그 하루살이에 그다지 신경 쓰지 않았다.

'사용 제한 2회의 투명망토를 사용하는 게 아깝지만⋯⋯. 그래도 분명 투자할 가치가 있군.'

비스트 마스터는 자신의 시각으로 한주혁을 판단했다.

'고맙다. 절대악.'

고마웠다. 지금 사용하려는 스킬은 '절대 복종'이라는 스킬이다. 비스트 마스터의 클래스 특수스킬.

'절대 복종만 사용하면⋯⋯ 문 타이거를 내 손에 넣을 수 있다.'

그냥 문 타이거를 얻는 게 아니다. 비스트 마스터의 특전으로 한 단계 더 강력해진 문 타이거를 얻을 수 있다. 물론 사용 조건이 꽤 까다로웠다. 3번 이상 같은 몬스터에게 죽어야 하며, 그 몬스터의 H/P가 10퍼센트 이하로 떨어졌을 때만 가능하다.

'이 조건 두 개는 서로 모순되지.'

3번 이상 같은 몬스터에게 죽으려면 그 몬스터가 그만큼 강력하다는 얘기다.

통상적으로 부활에 3일이 걸리니 적어도 9일 이상의 시간이 필요하다는 얘기고, 그 강력한 몬스터는 9일 이상 생존해 있다는 얘기가 되니까. 그런데 그런 몬스터의 H/P가 10퍼센트 이하로 떨어진다? 10퍼센트 이하로 떨어뜨리기도 어려울뿐더러 타이밍을 맞추기도 아주 힘들다.

'하지만 네가 가능하게 해줬지.'

지금 절대악이 머뭇거리고 있는 이유도 잘 알고 있다.

'앱솔루트 네크로맨서가 언데드화하려고 준비 중일 터.'

그러나 문 타이거가 어떤 몬스터인가.

인류 역사상 가장 강력한 몬스터다. 레벨 300대. 홀로 중국 영지를 초토화시킨 괴물 중의 괴물. 그가 알기로 앱솔루트 네크로맨서의 레벨은 고작해야 100을 좀 넘긴 수준. 물론 레벨 100은 엄청나게 높은 거지만, 상대가 레벨 300짜리 문 타이거다. 쉽지 않을 거다. 지금 이리저리 조건을 맞춰보고 있을 거다.

'여러 가지 운대가 참 잘 맞는군.'

절대악이 조금이라도 빨리 손을 썼다면 문 타이거는 이미 잿더미가 되었을 거다. 조금이라도 더 강했다고 해도 마찬가지다. 앱솔루트 네크로맨서가 없었다고 한다 해도 이미 놈은 잿더미가 되었을 거다.

'이래서 기회는 노력하는 자에게 주어지는 법……!'

그래서 사용했다.

-스킬. 절대복종을 사용합니다.

문 타이거의 몸을 마나가 구속하기 시작했다.

크릉?

문 타이거는 이상함을 느꼈다. 붉은색 마나가 문 타이거의 몸을 뒤덮었다. 은빛이 가려졌을 정도. 기이한 기운이 자신의 몸을 옥죄는 것을 느낀 문 타이거가.

쿠아아아앙~!

포효를 내질렀지만 소용없었다.

두 가지의 굉장히 까다로운 조건을 만족시킨 비스트 마스터의 스킬은 절대적인 구속력이 있었고.

-문 타이거 테이밍에 성공하였습니다.

결국 테이밍에 성공했다. 그러나 역시 문 타이거는 문 타이거.

-일시적인 테이밍으로 인정됩니다.
-테이밍 지속시간은 72시간입니다.

이토록 어려운 조건을 만족시켜서 테이밍에 성공했는데 겨우 72시간밖에는 다룰 수가 없단다.

'역시 문 타이거.'

그렇지만 효과 자체는 동일하게 적용됐다.

-비스트 마스터의 효과로 짐승 형태 몬스터의 능력치가 대폭 상승합니다.

주변에는 짐승형 몬스터가 널리고 널렸다. 놈들도 이쪽을 향해 몰려오기 시작했다.

-비스트 마스터의 절대복종 효과로 문 타이거의 H/P가 완전 회복됩니다.

문 타이거는 몸에서 차오르는 힘을 느꼈다. 문 타이거의 몸에서 새어 나오는 은은한 달빛이 더욱 진해졌다.

크르릉-!

문 타이거가 이번에도 낮게 울었다. 몸에서는 기개가 피어올랐는데 눈동자에서는 그렇지 않았다.

크르릉.

이거 뭔가 잘못됐다.

통역을 하던 꼬꼬가 고개를 갸웃했다.

키에엑?

너 왜 그래?

크릉.

뭔가 불길한 기분이 든다.

이상함을 눈치챈 꼬꼬가 고개를 양옆으로 갸웃했다. 한주혁은 이 모든 상황을 이미 알고 있는 상태.

심안을 통해 문 타이거의 상태를 어렴풋이 짐작했다.

'아.'

비스트 마스터는 스베너 연합 소속. 그리고 동물을 다루는 테이머류의 히든 클래스.

'구속력을 가졌네.'

씨익 웃었다. 아마 그냥 구속은 아닐 거다. 무려 문 타이거를 구속했으니까. 어떤 특수한 조건들을 많이 만족했겠지.

'근데 진짜 나한테 안 들킬 거라고 생각하는 건가?'

투명망토 뒤집어쓰고 있으면 안 보일 거라 생각하나. 진짜 바보인가. 아니면 나를 무시하는 건가. 한주혁은 화가 난다기보다는 황당했다.

비스트 마스터가 명령을 내렸다.

'자. 너는 새로 태어났다. 더욱 강력해졌다. 두려워할 것이 없다. 절대악! 저놈을 죽여라!'

문 타이거가 자세를 낮췄다. 마치 한주혁에게 달려들기라도 할 것처럼.

크르릉?

안 돼. 이거 아니야.

크릉. 크릉.

문 타이거의 몸이 마치 감전이라도 된 것처럼 부르르 떨렸다. 마치 자아가 두 개라서 그 두 개의 자아가 서로 싸우고 있는 것 같았다.

크르릉……!

안 돼. 이러지 마. 이거 아니야. 내 몸아. 내 말을 들어.

문 타이거는 본능으로 이미 느꼈다. 내가 아무리 강력해졌어도, 그래 봤자 저 괴물 같은 인간한테는 안 된다. 저 불꽃닭도 말하지 않았는가. 가만히 있으면 덜 아프다고. 그래도 먹을 것도 잘 준다고 했다. 아주 나쁜 놈은 아니라고 했다. 그래서 말이라도 잘 들으려고 했다. 맞으면 굉장히 많이 아플 것 같았으니까.

그때, 천세송이 말했다.

"어? 오빠. 저 이 정도면 언데드화 가능하겠는데요?"

"갑자기?"

"네. 몬스터마다 개체값이라는 게 있거든요. 이게 높으면 높을수록 언데드화 하기가 어렵단 말이에요? 그런데 지금은 일시적으로 확 떨어진 상태예요."

"아마 플레이어한테 테이밍되어서 그럴걸?"

"응? 문 타이거를 테이밍할 수 있는 플레이어가 있어요?"

"응. 중국에 있을 거야. 비스트 마스터라고. 그냥은 안 되고 아주 까다로운 조건들을 여러 개 만족해야만 할 거야."

한주혁의 눈이 정확하게 비스트 마스터를 향했다. 투명망토를 뒤집어쓰고 있던, 안심하고 있던 비스트 마스터는 너무 놀라 엉덩방아를 찧었다.

'아, 아, 알고 있었어?'

그냥 대충 찔러보는 거라고 보기에는 너무 정확하게 이쪽을 쳐다보고 있지 않은가.

'클래스명은 또 어떻게 아는 거야?'

뭔가 아주 많이 잘못되어 가는 것 같은 그런 기분이다. 설계에 빠진 것 같은 그런 느낌이다.

'아, 아니! 그럴 리가 없어.'

그는 현실을 부정했다. 나의 투명망토는 완벽했고 문 타이거는 더욱 강력해졌다.

'속성 방어 활성화.'

문 타이거는 보름달이 떠올랐을 때, 속성 방어 능력을 가진다. 빛 속성 공격으로만 공격이 가능하다.

-60초간 속성 방어 능력이 활성화됩니다.
-빛 속성 공격으로만 문 타이거를 공격할 수 있습니다.

결국 문 타이거는 포효를 내지르며 한주혁을 향해 달려들었다. 문 타이거의 주특기는 앞발 휘두르기. 잽싸게 달려든 문 타이거가 앞발을 세차게 휘둘렀다. 한주혁은 그것을 굳이 피하지 않았다. 힘의 격차는 이미 확인했다.

한주혁이 잽싸게 그 앞발을 낚아챘다. 언론들은 그 장면을 놓치지 않았다.

-앞발을 잡아낸 절대악!

-레이드의 역사를 새로 쓰는 중. 역사는 지금도 현재 진행형!

　문 타이거의 앞발 공격을 그냥 막아 버렸다. H/P는 전혀 떨어지지 않았다. 이것이 스탯으로 치면 레벨 1000대의 위엄……이라고 마리안이 생각했다.

　한주혁은 눈치챘다.

　"속성 방어 걸렸네?"

　아. 이러면 좀 곤란한데. 철퇴로 때려야 아이템이 드랍되잖아.

　크아아아앙!

　싸우기 싫어. 이거 아니야. 나는 싫다고.

　한주혁은 문 타이거의 기색을 읽었다. 눈동자에 잔뜩 깃든 공포를 봤다. 이런 것에 아주 익숙하다. 꼬꼬에게서 봤고 발록에게서 봤고 꽃순이한테서도 봤다. 이제 척 보면 척이다.

　"그래그래. 형이 네 맘 안다."

　발을 살짝 놔줬다. 이거 어쩐다. 그냥 죽일까? 아이템 드랍이야 꼬꼬한테 맡기고. 아주 잠깐 고민했는데 문 타이거의 모양새가 영 이상했다. 뭔가 시간에 쫓기는 것 같다.

　"아. 너 속성 방어에 시간제한 걸려 있구나?"

　순간 문 타이거의 몸이 움찔했다. 일반인의 눈으로 보면 거의 보이지도 않을 정도였지만 한주혁의 눈에는 또렷하게 잘 보였다.

"그래그래. 알았어. 형이 조금 기다려줄게."

시간은 아직 있다. 분노 게이지는 여전히 빨간 상태다. 용병왕의 철퇴. 의외로 꽤 괜찮은 아이템일지도 모르겠다.

비스트 마스터는 마음이 급해졌다.

'왜! 어째서 공격이 전혀 들어가지 않는 거냐!'

이것은 계산에서 지나치게 벗어났다. 자신의 능력이라면, 비스트 마스터의 능력이라면 놈을 제대로 공격할 수 있을 것 같았는데. 놈은 너무나 상식 밖의 능력을 가지고 있다.

'안 되겠다.'

궁극기라도 사용해야겠다. 이것마저 안 된다면 자폭이다.

"그런데 너는 좀 거슬리네."

뭔가를 하려고 하는 게 느껴졌다. 개체값은 알아서 낮춰줬고. 그래서 백참격이 날았다. 네 일은 끝났다. 그러니까 이제 그만 쉬어. 한주혁의 백참격은 이번에도 어김없이 원샷원킬.

검은 잿더미가 나타났고 꼬꼬가 득달같이 달려들어 시체를 쪼아댔다. 투명망토가 드랍되었다.

"잘했어."

사용 횟수가 1회 남은 투명망토. 참 괜찮은 아이템이다. 꼬꼬가 포효했다.

키에엑!

내가 바로 펫 1호다!

그리고 한주혁이 손짓했다. 문 타이거에게 가까이 오라는 손짓이다. 그 손짓을 이해한 문 타이거가 조심스레 걸음을 옮겼다.

크릉.

일부러 그런 거 아닙니다. 몸이 제멋대로 움직였어요.

그것을 눈빛으로 주장했다. 어느새 문 타이거의 눈동자에는 눈물이 송송 맺혀 있었다.

"그래. 그래. 내가 다 알아."

그래서 고통 없이. 편하게. 심안으로 느껴보니 속성 방어는 이제 끝이 난 거 같다.

꼬꼬한테 말했다.

"아프지 않게. 금방 끝난다고 말해. 그리고 새끼들도 볼 수 있다고."

키에엑.

금방 끝나. 안 아파. 네 새끼들도 볼 수 있어.

그렇게 하여 철퇴가 휘둘러졌다. 한주혁이 이번에는 진심을 담았다. 아프지 않게. 일격에 죽일 수 있도록. 아까는 좀 대충 휘둘렀는데 진심을 담아 휘두르자, 한 방에 죽었다.

-문 타이거를 사냥하였습니다.

-축하합니다! 조건을 만족하였습니다!

-'용병왕의 철퇴' 특수 효과가 작용합니다.

-아이텝 드랍확률 +70 퍼센트가 적용됩니다.

중국을 공포로 몰아넣었던 몬스터 치고는 허무한 죽음이었다. 그 허무한 만큼 절대악의 능력이 사기적이라는 얘기였다.

전 세계가 열광했다. 문 타이거를 한 방에 사살해 버린 절대악. 그를 보며 3충성도 흥분했다.
아무도 보는 사람이 없지만 육성으로 외쳤다.
"봤지? 봤지? 내가 맞았지? 내 분석력 장난 아니지?"
3충성은 이번에 장을 지지지 않아도 되었다. 그는 흥분해서 키보드를 두드렸다.

-역시 한 방임. 내가 예견한 미래가 실제로 그려졌음. 이제 꼬꼬의 스킬이 빛을 발하여 아이템을 토해낼 것임!

흥분한 손가락이 아무렇게나 움직였다.

-그렇지 않다면 장을 지지겠음!

……까지 얘기했는데 뭔가 좀 잘못된 것 같았다. 검은 잿더미에서 무언가가 튀어나왔다. 꼬꼬가 움직이지 않았는데. 그냥 튀어나왔다. 아이템이.

그와 동시에 천세송이 외쳤다.

"일어나라. 죽음의 병사여!"

한 번으로는 실패.

"일어나라. 죽음의 병사여!"

두 번도 실패. 연거푸 7번이나 사용하고 나서야 겨우 성공했다. 확실히 문 타이거는 문 타이거.

"얘 소환하는 데 마나 엄청 많이 먹어요."

그렇지만 선물은 해줬다.

크르릉!

내 새끼들!

문 타이곤도 이미 언데드화를 끝마쳤다. 문 타이거 입장에서는 감격스러운 가족상봉을 했다.

"문 타이곤은 괜찮지? 마나 소모."

"네. 문 타이곤까지는 그럭저럭 괜찮아요. 군단으로 운용해도 될 거 같아요."

세계 언론은 현재의 상황에 매우 집중했다.

-앱솔루트 네크로맨서. 문 타이거를 얻다.

-영웅. 절대악이 얻은 아이템은?

앱솔루트 네크로맨서가 문 타이거를 얻었고 곧 문 타이곤 군단을 얻을 수 있을 거라는 것도 커다란 이슈인데, 그것보다 훨씬 더 큰 이슈가 있었다.

-문 타이거에게서 드랍된 아이템. 그것의 정체는?

무려 레벨 300대 몬스터. 그 몬스터로부터 무언가가 드랍됐다. 한주혁이 워낙 빠르게 획득해서 무엇인지 알려지지는 않았지만.

-절대악. 주변 영지 순식간에 정리.
-또다시 레벨업. 절대악의 한계는 도대체 어디?

문 타이거를 사냥한 뒤 주변에 있던 짐승형 몬스터들을 싹 쓸이해 버렸다. 256배 경험치 추가를 얻어 또다시 폭풍 레벨업을 이어갔다. 이제 절대악의 레벨은 127. 한주혁 본인도 사기라고 인정할 법한 레벨업 속도였다.

아쉬운 게 있다면 새로운 능력이 개방되지 않았다는 것 정도.

어느새 접속한 루펜달도 활약했다.

"형님! 제가 다크소드를 먹어왔습니다!"

혹시라도 문 타이거가 죽은 뒤 다크소드를 누가 스틸해 갈라 루펜달은 발바닥에 불이 나도록 뛰었다. 이렇게 좋은 아이템은 당연히 형님 것이다!

"형렐루야 형멘! 펫 1호! 형님을 알현합니다! 여기 다크소드입니다!"

그렇게 중국을 한바탕 충격에 빠뜨리며 주변을 싹쓸이한 절대악은 짐승형 몬스터들의 씨를 완전히 말려 버린 뒤에 휴식을 취하겠다며 로그아웃했다.

절대악의 말도 안 되는 무력에 중국은 축제 분위기. 세계는 경악하는 분위기.

한세아는 아예 방문 앞에서 한주혁을 기다리고 있던 중이다.

"지금 전 세계가 오빠 영웅이라고 난리 났어."

그런데 그것보다도 궁금함 때문에 미칠 것 같았다.

"오빠. 문 타이거 잡고 뭐 나온 거야? 지금 전 세계가 장난 아니던데. 뭐 얻었을지 엄청 궁금해하고 있어. 도대체 뭐야? 응응?"

한주혁의 팔에 반쯤 매달렸다. 평소에는 잘 부리지 않는 애교까지 부렸다.

"알려주세용. 네?"

10장
저주받은 세니아 던전

한주혁은 인상을 잔뜩 찡그렸다. 친동생의 애교 따위 그다지 보기 좋지 않다. 천세송이라면 모를까.

"징그럽게 왜 이래?"

애교도 꼴 보기 싫은데 팔에 찰싹 달라붙는 만행까지 저지르다니. 한주혁은 기겁하며 팔을 뺐다. 한세아가 킥킥대고 웃었다.

"오빠 그러는 거 재미있어서."

요즘 한세아는 새로운 세계에 눈을 뜨고 있는 중이다. 그녀는 인터넷상에서 '이오빠가내오빠'라는 닉네임으로 대략 '루펜달 3세'쯤을 자청하면서 형렐루야 형멘을 외치고 있다. 전에 한 번 한 이후로 중독됐다. 이거 꽤 재미있다.

"안 그래도 알려줄 테니까 다음부터 이러지 마."

그리고 오빠가 저렇게 질색하는 것도 재미있다. 아. 평생 이러고 살까 봐. 요즘 사는 맛이 난다.

누가 그랬다. 드러난 1인자보다는 숨겨진 2인자가 더 행복하다고. 오빠가 1인자. 나는 2인자. 아니, 2인자까지는 안 되어도 대충 한 10인자 정도만 되어도 세상은 살 만한 거 같다.

'무엇보다도 가장 좋은 건!'

햄버거 가게에서 제일 비싼 메뉴를 그냥 마음껏, 아무 때나 마구마구 시켜먹을 수 있다는 것. 심지어 친구들 데리고 가서 쏠 수 있다는 것. 월급 200이 채 안 되는 중소연합에서 일할 때와는 비교조차 할 수 없을 정도로 삶의 질이 높아졌다는 것.

그리고 또.

'저녁 있는 삶……!'

저녁이 있는 삶이 좋았다. 성좌로서 플레이를 열심히 하고는 있다만, 전처럼 죽을 둥 살 둥 하지는 않는다.

당장 내일이 안 보여서 미래를 걱정하는 과거의 한세아는 이제 없다. 이게 다 오빠 덕분이라는 것도 안다. 반쯤은 오빠가 기겁하는 거 보고 싶어서 애교를 부리는 거고, 또 반쯤은 진심으로 그런다. 저절로 그렇게 됐다.

"그니까. 뭔데?"

"트랜스 워터…… 라는 포션."

"생뚱맞게 웬 포션?"

문 타이거를 잡았는데 갑자기 포션이 드랍됐단다.

"문 타이거의 성별 알아?"

"아니. 인터넷상에서도 말 많던데. 수컷이라느니 암컷이라느니."

몬스터들 역시 대부분 성별이 나눠져 있다. 특히 문 타이거의 경우 생김새는 수컷에 가까웠다. 일단 수컷의 성기가 달려 있었으니까. 그런데 또 하는 짓은 암컷에 가까웠다. 새끼들을 직접 밴 건 아니지만 어쨌든 새끼를 가졌으니까.

"아마 그래서 그런 것 같은데."

"효능이 뭔데?"

"트랜스라는 말에서 감이 안 오냐?"

한주혁은 한세아의 머리를 가볍게 콩, 찍었다. 듣도 보도 못한, 아니 듣고 싶지도 보고 싶지도 않은, 되지도 않은 애교를 부린 것에 대한 징벌이다.

"씨. 아프다!"

"성별을 바꿔주는 포션인데."

"응? 성별? 그걸 왜 바꿔? 플레이어의 성별을 바꾼다는 거야?"

"아니."

좀 희한한 아이템이다. 물론 올림푸스 세계에는 성별을 바꾸는 사람들이 존재한다. 사람들이 대략 추측하기로는, 약 80퍼센트의 사람들은 일명 '넷카마'로 일부러 성별을 바꾸는 변태적인 놈들이다.

그러나 성별을 아무 이유 없이 바꾸려면 상당한 돈과 시간이 필요하다고 알려져 있다. 일반 사람들은 쉽사리 투자하기 힘든 정도의. 그리고 약 20퍼센트의 사람들이 말 그대로 자신의 성별이 잘못되었다고 믿는 사람들이다.

현실에서 성을 바꾸기가 현실적으로 어려움이 많아 올림푸스 세계에서 다른 성으로 사는 사람들이다. 이 경우에는, 올림푸스 내에 특별히 마련되어 있는 신전으로 가서 검증을 마친 뒤 시스템을 통해 성이 전환된다.

한세아가 고개를 갸웃했다.

"하여튼 요상하네. 레벨 300대 몬스터를 잡았는데 겨우 그거야? 플레이어 성별 바꾸는 것도 아니고…… 몬스터나 NPC 성별 바뀌서 어디다 쓸 데도 없고."

한주혁은 피식 웃었다.

"그거 아니어도 성별 바뀌서 유리해지는 게 있지. 아주 많이."

"그게 뭔데?"

"비밀이야."

한주혁은 한세아의 머리를 슥슥 문질렀다. 머리카락을 헝클어뜨렸다.

"밥이나 먹자. 내가 얻은 아이템에 대해서는……."

머리가 잔뜩 헝클어진 한세아는 입술을 삐죽 내밀었다.

"알아. 비밀. 엄수. 으악. 오빠! 머리 기름 껴! 그만! 그만! 제발!"

문 타이거는 되살아났다. 처음에는 상황을 이해하기 힘들었다.

죽은 것도 아니고 산 것도 아니고. 감각이 있기는 있는데 남의 감각을 억지로 느끼고 있는 그런 요상한 기분. 본능이 있기는 있는데, 이 본능이 내 본능인지 남의 본능을 훔쳐서 느끼고 있는 건지. 분간이 안 됐다.

문 타이거는 굉장한 광경을 봤다.

"오빠. 이제 내 새끼가 되었으니까…… 너무 막 때리고 그러지는 않아 주셨으면 좋겠어요."

천세송은 언데드에게 각별한 애정을 갖는다. 그게 천성인 건지, 앱솔루트 네크로맨서의 특성인지 그건 천세송 스스로도 잘 모른다. 다만 일단 언데드가 되면 많이 예뻐한다. 한주혁도 그 사실을 알고 있다.

"알았어. 말만 잘 듣는다면야."

문 타이거는 직감했다.

크릉?

저 여자 인간에게 잘 보여야 한다.

본능으로 느꼈다. 줄타기를 잘해야 했다. 이 세상에서 가장 위험한 인간은 저 남자지만, 저 위험한 인간보다 더 잘 보여야 하는 인간은 저 여자…… 아니.

크릉?

주인님?

왜 이런 단어가 떠오르지. 문 타이거는 스스로를 이해할 수 없었다. 지능이 꼬꼬보다 많이 떨어지는지라, 정확히 단언 그대로 '주인님'이라 느낀 건 아니다. 다만 말을 잘 들어야 하는 상대. 복종해야만 하는 상대. 그렇게 느껴졌다.

"문돌이. 앉아."

크르릉.

문 타이거는 확신했다. 아. 내 새로운 이름이 문돌이구나. 문돌이. 처음에는 조금 어색했고 싫었지만 수긍했다.

"옳지. 손."

문 타이거가 손을 내밀었다.

"아이 참 착해요."

천세송이 손을 들어 올렸다. 문 타이거는 바닥에 납작 엎드렸다. 그래도 머리에 발이 닿지 않아 천세송이 발뒤꿈치를 잔뜩 들고서 문 타이거의 머리를 쓰다듬었다.

"이렇게 예쁘고 착한데. 왜 그렇게 무시무시하게 그랬어?"

크릉.

뭐지. 이 기묘한 기분은. 낯선 이 느낌은.

천세송의 눈에 연민이 가득 찼다. 꾸며진 눈동자가 아니었다. 진심이었다.

"많이 아팠지?"

천세송의 눈동자를 봤는데, 문 타이거의 눈에 갑자기 눈물이 차올랐다. 털을 쓰다듬는 저 손길이 정말 좋았다.

"이제 안 아플 거야."

문 타이거의 눈에서 눈물이 뚝 떨어져 내렸다.

"얼마나 외롭고 힘들었으면 이럴까. 아이 속상해라."

언데드에게 각별한 감정을 느낀 건지. 아니면 지금 문 타이거의 감정에 동화된 건지는 몰라도 천세송의 눈에도 눈물이 살짝 고였다.

크르릉.

문 타이거는 진심으로 감동했다. 이 세상에 내 편이 한 명쯤은 있구나. 그렇게 느꼈다.

한주혁 앞에서, 공포 때문에 배를 뒤집어 깠다면 천세송 앞에서는 진실한 마음으로 배를 뒤집어 깠다. 그래. 이 사람이 내 주인님이다. 이 사람한테라면 내 모든 걸 바칠 수 있겠다.

크르릉!

주인님은 내가 지킬 것이다.

언데드 문 타이거. 아니, 문돌이는 그렇게 앱솔루트 네크로 맨서에게 귀속되었다.

천세송에게 알림이 들려왔다.

-축하합니다!

-문 타이거를 완전히 길들이는 데 성공하였습니다!

-현저한 레벨 격차를 딛고 굉장한 친밀도를 쌓는 데 성공하였

습니다!

-문 타이거 소환 시 M/P소모가 50퍼센트 감소합니다.

명목상 펫 1호로부터 연락이 왔다.

-갈렉이 수확되었습니다.

갈렉. 젤르두아에서 유일하게 수익성이 있는 상품이다. 부작용 없는 천연 정력제. 전 세계에서도 수요가 넘치는 상품인데 문제도 있다. 어지간해서는 현실세계로 반출이 불가능하다는 거다. 갈렉 중 일부는 현실세계로 전송이 가능하고, 또 어떤 것 일부는 전송이 불가능하다.

한주혁이 고개를 끄덕였다.

-좋군.

하지만 한주혁은 다르다. 그는 아이템 전송 권능이 있다. 신급 이하의 모든 아이템을 전송할 수 있는 권능. 불의 신전과 비밀의 탑 융합 퀘스트 클리어 보상 말이다.

'앞으로 2개월 후면……'

그러면 아이템 전송소를 새로 설립할 수 있다.

-어떻게 할까요?

-보관 잘해 놔.

한주혁은 젤르두아 지방으로부터 지나치게 뜯어먹을 생각

을 하지는 않았다. NPC들이기는 하지만 그곳도 어쨌거나 사람이 사는 곳이다. 너무 욕심부리면 탈 난다.

한주혁은 그 사실을 한국을 통해 너무나 잘 배웠다. 권력자가 욕심을 갖는 순간, 그 권력자 한 명의 사리사욕 때문에 수많은 백성이 고통받는다. 한주혁 본인이 그런 걸 혐오한다.

-갈렉에 상응하는 물품들은 이쪽에서 준비하지.

-그, 그게 정말입니까?

푸락셀은 반쯤 포기하고 있었다. 이브이를 얻어서 젤르두아의 지배력을 지켜준 대신, 절대악에게 모든 것을 내어놓고 평생 종살이를 해야 한다고 생각하던 중이었다.

-정말이지 그럼. 내가 네 것만 뺏어 먹는 양아치처럼 보였나?

-아, 아닙니다!

그가 외쳤다.

"형렐루야! 형멘!"

하지만 육성으로 말해봤자 한주혁에게는 들리지 않는다. 다시 말했다.

-형렐루야! 형멘!

한주혁은 이번에 수많은 아이템을 획득했다. 너무 많아서 어떻게 처리해야 할지도 모를 정도다.

루펜달이 없었다면 이거 다 먹지도 못했다. 그래도 보아하니 젤르두아에 도움이 될 법한 아이템들이 꽤 많이 나왔다. 쓰레기(?) 처리도 할 겸. 젤르두아와 적당한 선에서 거래도 할 겸. 모든 게 다 좋다.

'그럼 이제 해야 할 일은.'

해야 할 일은 두 개다. 두 번째 아이템 전송소 설립 부지 혹은 영지를 탐색하는 것. 그리고 하나는 256배의 경험치 버프가 끝나기 전, '저주받은 세니아' 던전을 클리어하는 것.

'이제 하루 남았네.'

아이템 전송소 설립 영지 선정 건은 일단 강재명에게 맡겨 놓기로 했다. 몇몇 후보들을 종합해 오면, 한주혁이 그 안에서 골라서 진행하는 형식이다.

한주혁이 말했다.

"그래도 이왕이면 한국 영지에 하나쯤 설치하는 것도 나쁘지 않을 것 같아요."

"예. 똑같은 조건이라면 한국에 설치하는 것으로 진행하겠습니다."

강재명은 속으로만 말했다.

'하지만 똑같은 조건이 될 수 없을 것입니다.'

그는 한주혁보다 한국을 더 잘 안다. 아마 똑같은 조건 혹은 더 좋은 조건을 제시하지 않을 것이다. 여기서 중요한 건, '못 하는 것'이 아니라 '안 하는 것'이다. 분명히 그럴 거라고. 강재명은 그렇게 예측했다.

'만약 머리가 있는 놈들이었다면……. 저번처럼 그런 병신짓은 하지 않았겠지.'

듣자 하니 조만간 중국의 상무위원 '리 치앙'에 대해 커다란 징벌이 가해질 것 같다.

아직 처벌 수위는 정해지지 않았지만 아마도 절대악에 대한 사과이자 징벌적 차원으로 상당히 큰 처벌을 때릴 작정인 것 같다.

'하다 못 해 중국도 그 정도로 준비하고 있는데.'

그런데 한국은 전혀 그럴 기미가 보이지 않고 있다. 말하자면 중국도 '아이고. 악느님. 몰라뵈었습니다. 정말 죄송합니다. 다시는 이런 일 없도록 하겠습니다. 무례를 저지른 리 치앙은 저희가 엄벌하겠습니다'라는 제스처를 취하고 있는데, 그에 동조한 대통령 권한대행은 아무런 행동도 하지 않고 있다는 것.

'머리가 있다면 그렇게 안 했겠지.'

절대악의 가치를 전 세계가 이미 알아보고 있고, 전 세계에서 호구를 자처하며 리브콜을 보내고 있는데. 왜 자국인 한국이 그러지 못하는 건지. 강재명은 안타까울 따름이었다.

'그래도 명령은 명령이니.'

만약에라도. 같은 조건이라면 한국에 우선적으로 아이템 전송소를 설치하는 것을 고려하기로 했다.

"사장님께서는……?"

"아. 저는 아주 중요한 일이 있거든요."

256배 경험치 버프 끝나기 전에. 얼른 성좌 퀘스트 던전인 '저주받은 세니아 던전'을 클리어해야 했다.

천세송. 한세아. 루펜달. 꼬꼬. 제9장로 팬더를 데리고 바로 세니아 던전으로 이동했다. 물론 언론에는 이렇게 알려졌다.

-중국에 잠재되어 있는 위험을 없애기 위해 움직이다.
-문 타이거의 터전 세니아 던전. 어떤 몬스터를 불러들일지 몰라.

그래서 절대악이 앞장서서 세니아 던전을 먼저 클리어해 버리겠다고. 피곤한 몸을 이끌고 나섰다고 그렇게 알려졌다. 역시 세기의 영웅다웠다.

한주혁은 세니아 던전에 들어섰다. 들어가자마자 인상을 잔뜩 찡그렸다. 완전히 처음 보는 것이 덩그러니 놓여 있었다.

"……뭐냐, 이건?"

주변은 어두웠다. 한 갈래 길이 나 있는 상태. 길은 흙길이었다. 어두운 공간 내에, 어떠한 조명이 있어 저 길만 비추고 있는 것처럼 보였다.

그 길 끝에는 무덤과 비슷하게 생긴 무언가가 있었는데.

"형님. 검 같이 생겼는데요."

그 무덤에는 검이 박혀 있었다. 제9장로 팬더가 주변을 조심스레 살피면서 전진했다.

"별다른 트랩은 없는 것 같습니다."

제9장로 팬더가 앞장섰다. 그다지 큰 어려움 없이 둔덕 앞에

도착했다. 가까이서 보니 둔덕은 돌을 쌓아 만든 것이었다. 아무런 규칙성 없이 마구잡이로 쌓아 올린 것 같으면서도 또 묘하게 어떤 규칙을 갖고 있는 것처럼 느껴졌다.

한세아가 고개를 갸웃했다.

"이게 뭐지?"

던전 안에 들어오면 보통 가장 먼저 안전지대가 설정된다. 그리고 그 이후 몬스터들이 나타난다. 그게 일반적인 던전의 모습이다. 그런데 몬스터는커녕 몬스터의 털조차도 보이지 않는다.

한주혁이 검에 가까이 다가갔다.

'검?'

아무래도 맞는 것 같다. 검이 박혀 있는 상태.

'이 검을 가지고 뭔가를 진행하는 형태인가.'

일행 전원이 둔덕 앞에 모였다. 별다른 알림은 들리지 않았다. 이곳에 해는 없음에도 불구하고, 따사로운 조명이 그 검과 무덤을 뜨겁게 비추고 있었다.

천세송이 머리카락을 귀 뒤로 쓸어넘겼다.

"좀 덥네."

좀 덥지만 그래도 오빠한테 더 붙어 있기로 했다. 추우면 추워서 붙고. 더우면 더우니까 붙는 거다.

'원래 그런 거지, 사람 사는 게!'

팬더가 말했다.

"이 검을 뽑아야 할 것 같습니다."

그래야 뭔가 진행이 될 것 같기는 한데.

"어떠한 조건이 걸려 있을 것 같습니다. 제 생각에는……"

"루나가 하는 것이 좋겠네."

"맞습니다."

이곳은 성좌 퀘스트 던전이다. 성좌가 가지고 있던 달빛 피리를 가지고 활성화시켰고, 성좌와 관련된 내용으로 진행된다.

"나…… 나?"

한세아가 한주혁을 쳐다봤다.

"그래."

"진짜 내가 해?"

잘은 모르겠는데 오빠 앞에서 뭔가를 한다는 게 좀 쑥스러웠다. 뭐랄까. 번데기 앞에서 주름잡는 느낌이랄까.

한세아가 고개를 끄덕였다.

"알겠어."

검 앞에 섰다. 팬더가 경고했다.

"어떤 일이 벌어질지 모릅니다. 긴장을 늦추지 마십시오."

명색이 성좌 퀘스트 던전. 한주혁에게는 어떨지 몰라도 다른 이들에게는 위험할 수도 있는 던전이다. 한주혁도 긴장의 끈을 늦추지 않았다.

한세아가 심호흡을 하고서 검의 손잡이를 잡았다.

"응? 알림이 들리는데?"

알림이 들려왔다.

-저주받은 성검. '세인트 소드'가 반응합니다.

여지껏 걸어왔던 흙길을 비추던 조명이 점점 희미해졌다. 인공적인 조명이 거의 다 사라졌다. 무덤 스스로가 빛을 내는 것처럼 보였다.

한주혁이 입을 열었다.

"다들 옆에 있지?"

"네. 저는 오빠 손 꼭 붙잡고 있을 거예요."

무덤에서는 희미한 빛이 새어 나오고 있으나, 플레이어들 간의 모습은 보이지 않았다. 한주혁 일행의 눈에는 오로지 무덤과 검. 그리고 그 검의 손잡이에 손을 대고 있는 루나(한세아)만 보였다.

'다른 공간으로 이동된 건 아니고.'

어차피 안 보이는 김에, 마리안의 손을 잡고 손바닥을 살살 긁었다. 손을 만지작거렸다. 마리안의 손은 따뜻했다.

'아. 이 느낌. 참 좋다.'

마리안도 이 느낌이 좋았다. 오빠가 간지럽히는 건 손바닥인데 괜스레 아랫배가 간질간질해지는 느낌이 들었다.

한세아가 말했다.

"오빠. 지금 나한테도 오빠 모습 안 보이는데. 목소리는 들리지?"

"어. 나한테는 네 모습 보여."

"알림 공유할게."

파티창을 활성화시켜서 알림을 공유했다. 알림을 확인한 한주혁이 인상을 잔뜩 찡그렸다.

한세아가 물었다.

"어떻게 해야 돼?"

"잠시만 기다려."

한주혁은 알림 내용을 자세히 살펴봤다. 알림은 이 검. 그러니까 '세인트 소드'에 대한 내용을 자세히 알려주고 있었다. 이검과 관련하여 세 가지 조건이 활성화되어 있었다.

1) 자격이 있는 자만이 세인트 소드를 뽑을 수 있습니다. 자격이 없는 자가 뽑으면 그 즉시 사망합니다. (델리트 확률: 50퍼센트)

'그럼 그 자격이 뭔지 알려주든가.'

지금으로써는 '성좌' 클래스가 그 조건이리라 짐작하지만 그것도 확실한 건 아니다. 일정 부분 도박이 필요하다.

'조건이 쓰레기네.'

델리트 확률이 50퍼센트라니. 2번부터는 더 가관이다.

2) 자격 없는 자가 검을 뽑으면 '저주받은 세니아 던전' 내에 있는 모든 플레이어에게 저주가 가해집니다. 저주의 종류는 랜덤으

로 적용됩니다.

저주의 종류도 각양각색이다.

-최소 30. 최대 200까지 스탯이 영구 감소합니다.

-최소 사망. 최대 델리트가 진행됩니다.

-최소 30. 최대 300까지 H/P 혹은 M/P가 감소합니다.

-최소 3개. 최대 30개까지 스킬이 영구 봉인됩니다.

-클래스가 초기화됩니다.

굵직한 것들은 이러한 것들이었고 자잘한 것들도 꽤 많았다. 예를 들어 100만 골드 드랍이라든가, 귓말 전송이 불가능해진다든가, 아이템 드랍 확률이 감소한다든가.

'쓸데없는 것에서만 왜 이렇게 친절해?'

1번 조건은 더럽게 불친절한데, 2번 조건은 너무 친절했다. 안 좋은 쪽으로. 한주혁은 3번 조건도 확인했다.

'이걸 클리어하라고 만들어 놓은 거냐, 아니면 그냥 구색 맞추기로 억지로 만들어놓은 거냐?'

3) 자격이 있는 자가 검을 뽑은 뒤 60초 내에 검을 제자리에 꽂지 않으면 던전이 붕괴합니다. 던전이 붕괴되면 해당 던전 내에 입장한 모든 플레이어가 사망합니다. (델리트 확률: 50퍼센트)

한주혁은 황당했다.

"루나. 조금만 기다려."

"알았어."

한세아도 심각하게 고민했다. 이거 괜히 잘못 뺐다가 델리트되면 어떡하지? 그렇다고 안 뺄 수도 없고.

'뭐 이런 양아치 같은 던전이 다 있어?'

그래도 차분히 기다리기로 했다. 오빠를 전적으로 의지하는 것은 좋지 못하지만, 그래도 혼자일 때보다는 훨씬 차분했다.

만약 혼자서, 혹은 다른 플레이어들과 이곳에 와서 이 조건과 마주했다면 많이 당황할 뻔했다.

'와. 오빠가 있으니까 확실히 안심이 많이 되네.'

아예 긴장하지 않았다면 거짓말이지만 확실히 그랬다. 이 파티의 정신적 지주 역할을, 본의든 본의가 아니든 너무나 잘해주고 있었다. 역시 '이오빠가내오빠다' 닉네임으로 활동하기를 잘했다.

한주혁이 생각에 잠겼다.

'어떻게 진행할까?'

유리아는 답답했다.

"할아버지. 이렇게 둘 거예요?"

"……."

믿었던 할아버지가 아직도 절대악 처단을 못 하고 있다.

처단은커녕. 절대악이 이번에 문 타이거를 사냥하는 데 성공하면서 전 세계적인 영웅으로 다시 급부상하고 있지 않은가. 절대악에 대해 그렇게 우호적이지 않던 중국인들마저도 지금은 '친절대악' 성향을 띄고 있는 중이다.

"그놈이 심지어 중국에서도 영웅 취급을 받고 있어요. 할아버지. 이건 잘못되어도 뭔가 대단히 잘못되었잖아요."

"흠."

유리아가 보기에 할아버지는 세상에서 가장 강력한 플레이어다. 마음만 먹으면 절대악쯤 당장이라도 녹여 버릴 수 있다. 적어도 유리아는 그렇게 생각했다. 어쩌면 그렇게 생각하고 싶은 걸지도 모르겠지만.

"대연합 놈들도 지금 설설 기면서 눈치만 보고 있어요. 그런 사회 하층민. 개돼지 출신 쓰레기한테 말이에요. 이건 말이 안 되는 거잖아요."

대연합 놈들도 지금 겨우겨우 살아남는 데 급급하고 있다.

"대공이 열심히 지원해 준다더니. 어떻게 된 거예요?"

"제국 내부를 정리하는데 아직 시간이 좀 필요한 모양이다."

에르페스 제국이 좀 더 적극적으로 나서준다면, 그러면 절대악 따위.

'지금 당장에라도 씹어 먹을 수 있을 텐데!'

유리아는 분했다.

"할아버지. 내가 왜 그렇게 절대악 싫어하는지 알아요?"

아무래도 할아버지가 너무 미적지근하게 구는 것 같다. 신중한 것도 좋지만 그래도 지금 절대악이 저렇게 잘나가고 있는 꼴을 두고 보지 못하겠다.

"상황이 이렇게 됐으니까 솔직하게 말할게요. 걔가 나 처음 봤을 때 성폭행하려고 했단 말이에요."

태르민의 눈이 커졌다.

"……뭐라?"

"당연히 저는 완강하게 거부했죠. 만약 조금만 방심했어도 지금쯤 저는…… 어떻게 됐을지 모른다고요!"

태르민은 분노했다. 겉으로 보기에는 대단히 분노한 것처럼 보였다. 하지만 태르민도 안다. 지금 유리아는 거짓말을 하고 있다. 절대악이 그랬을 리 없다는 것을, 태르민도 잘 알고 있다. 그래도 일단 겉으로는 화가 난 척했다.

"그 씹어 먹어도 시원찮을 놈을……!"

"그렇죠? 용서할 수 없잖아요!"

태르민은 잠시 눈을 감았다.

'아직은 때가 아냐.'

단독으로 움직이는 것은 너무 위험하다. 현재 대통령도 탄핵 직전의 상태. 괜히 잘못 움직였다가는 사실을 알게 된 개돼지들이 들고일어날 수도 있다. 대통령 위의 대통령. 정부 위의 정부. 태르민 일가에 대해서 알아차리는 순간…….

지금은 모든 행동을 조심해야 할 때다.

"그래. 용서할 수가 없겠구나. 절대악 그놈은 반드시 델리트 시킨 뒤 현실에서도 죽여 버리겠다. 이 할아비가 약속하마. 에르페스 제국이 내부를 정상화하는 대로 적극적인 지원을 해주기로 약조했다."

유리아가 고개를 저었다.

"도대체 그게 언제일지 모르잖아요. 저한테 좋은 생각이 있어요. 이번에 기천 삼촌이 굉장히 좋은 아이템 하나를 얻었어요."

기천. 한주혁이 파악하고 있는 2번 성좌의 닉네임이다. 이브이를 강탈했다가 한주혁에게 사살당한 플레이어.

"어떤 아이템이지?"

"악이나 마 속성의 모든 공격을 방어할 수 있는 아이템이요. 신급 미만의 모든 공격을 막아내요."

"아이템의 이름이 뭐니?"

"말카노의 귀걸이래요. 등급이 원래 신급인데 지금은 조건 불충족으로 레전드래요. 이게 한 쌍이 있는 모양인데 기천 삼촌이 가지고 있는 게 되게 좋은 건가봐요. 아주 정확하게는 잘 모르겠지만. 기천 삼촌이 추측하기로는 또 다른 말카노의 귀걸이를 절대악이 갖고 있을 확률이 아주 높대요."

"그래서?"

"그게 똑같은 아이템 근처로 가면 빼앗을 수 있다나 봐요. 게다가 여기에 할아버지가 특수강화해 주면…… 더욱 강력해질 거고. 이 정도면 절대악이랑 한 판 붙어볼 만하지 않아요?"

할아버지가 강화해 준다면, 아마도 단순히 속성 공격을 막아내는 수준이 아니라 아예 '악/마' 속성을 가진 플레이어가 행하는 모든 공격을 전부 막아내는 수준까지 업그레이드가 될 거다.

유리아가 말했다.

"쓸모없는 개돼지들 몇몇 델리트시켜서 강화하면 좋잖아요. 그렇죠? 지금 절대악 라망투 영지에서 세니아 던전을 클리어하고 있대요."

이를 바드득 갈았다. 원래대로라면 그거 내가 클리어했어야 했는데.

"그걸 클리어하고 나오는 그 순간이 최적기예요. 방심도 하고 있을 거고 체력적으로도 지쳤을 테니까요."

같은 시각. 돌무덤에 꽂혀 있는 검 앞에서 한참을 고민하던 한주혁이 입을 열었다.

"루나. 오빠 말 잘 들어."

정말 쓰레기 같은 세 가지 조건. 이 세 가지 조건을 토대로 '저주받은 세니아 던전'을 공략할 수 있는 방법이 생각났다.

"지금부터 이렇게 진행할 거야."

to be continued

쥐뿔도 없는 회귀

목마 퓨전판타지 장편소설

불친절하기 짝이 없는 이세계 '에리아'.
그곳에 소환된 '이성민'.

13년의 생활 끝에 죽음을 맞이한 그에게
또 한 번의 기회가 주어졌다.

재능이 없다.
그러나 그에겐 13년의 기억이 있다.

우연처럼 엮인 필연이, 그리고 목적이
그를 앞으로, 더 높은 곳으로 나아가게 한다.

이성민은 무엇을 바라였는가.
무엇이 되고 싶었는가.

"나는 다시 살아가 보고 싶다.
전생보다 나은 삶을."

힐통령

태양의 사제

제리엠 게임판타지 장편소설

WISHBOOKS GAME FANTASY STORY

Wish Books

"착하긴 뭐가 착해? 저런 퀘스트를 하는 건 착해서가 아니고
그냥 호구인 거야. 호구."

등 뒤에서 멀어지는 소리에
카이가 슬쩍 그들을 돌아봤다.

'내가 호구라고? 설마.'

[곤경에 처해 있는 NPC에게 선행을 베풀었습니다.]
[선행 스탯이 1 상승합니다.]

착한 일을 하면 보상이 따라온다?!

계산적이지만 그래서 더 선행을 할 수밖에 없는
힐이면 힐, 딜이면 딜.
힐통령 카이의 미드 온라인 정복기!